ウィーン遺聞 2

河野純一

同学社

目次

建てられなかったモーツァルト像

建てられなかったモーツァルト像

アルベルティーナ広場に面したところに、映画『第三の男』の一場面に使われたことでも知られるカフェ・モーツァルトがある。アントン・カラスのツィター演奏の挿入曲「カフェ・モーツァルトのワルツ」も印象深いが、『第三の男』の作者グレアム・グリーンは、ホテル・ザッハーに泊まり、カフェ・モーツァルトでコーヒーをよく飲んでいた。

この場所にカフェが初めてできたのは、モーツァルトが没して三年後の一七九四年だったとされている。その後、カフェのある建物自体が取り壊されたこともあったが、一八九一年、モーツァルト没後百年を記念して記念像が建てられることに決まった。そして、一九二九年に開かれたカフェに「モーツァルト」という名がつけられ、そのカフェの前に、実は第二次世界大戦のころまで、今ブルクガルテンにあるモーツァルト像が立っていたのだった。

一九四五年三月十二日の空襲で、アルベルティーナ広場一帯の建物は大きな被害を受けた。その空襲で、モーツァルト像はいったいどうなったのか気になるところだ。しばしば、爆撃によってモーツァルト像が損傷を受けたために撤去された、とされていることもあるものの、ウィーン市建築管理局に手書きの書類が残されていて、それによれば、ウィーン空襲の数か月前にモーツァルト像の本体部分は取り外され、国立歌劇場の地下に収納されていたのだということだが、空襲で台座はひどく壊れてしまったのだ。

戦後も爆撃によって損傷を受けた台座は残されたままだった。そのため、一九五一年にモーツァルト像の再建に取りかかるにあたって、台座の表面のレリーフは作り直さなければならなかったし、プットたちの部分も修復されなければならなかった。

彫刻家のハインツ・ラインフェルナー、オスカー・ティーデ、J・リーデルらが修復にあたり、費用は三十四万一千シリングかかったが、交通上の問題などから、再びアルベルティーナ広場に建てられることは考慮の対象とはならず、いくつかの候補地があげられた。楽友協会に近いキュンストラーハウス前、コンツェルトハウス横のスケート場付近、カール教会の付近、アウガルテン、シェーンブルン宮殿の庭園などが候補にあがったのだが、結局、リング通り沿いのブルクガルテンが建設場所に選ばれた。今では、この場所以外には考えられないように立っているヴィクトール・ティルグナー（Viktor Tilgner 一八四四～九六）作のモーツァルト像だが、一九五三年六月になってようやくこの場所に落ち着いたのだ。

だが、もともとモーツァルト像自体は、本来だったら、ティルグナーのものではなく、別の彫刻家の作品が建つはずであったのだということを知る人は少ない。

一八九一年、モーツァルト像建設のためのコンクールが公募によって行われた。すでに一八一五年ころハイドンやグルックとともにモーツァルト像をウィーンに建設することが検討されたことがあったというが実現にはいたらなかった。

一八九一年のコンクールでは建設のために十万グルデンが用意された。この額はかなり高額なものだった。というのは、すでに当時計画されていたゲーテ像が四万三千グルデンだったことからもわかる。

コンクールに応募した作品は、一週間にわたってキュンストラーハウスに展示された。この公募で、一等賞を獲得したのは、いまブルクガルテンに見られるティルグナーのモーツァルト像ではなかったのだ。ティルグナーやルドルフ・ヴァイアといった彫刻家の作品をおさえ、エドムント・フォン・ヘルマー（Edmund von Hellmer 一八五〇～一九三五）のモーツァルトが選ばれたのだった。

三位までは賞金が出た。一位のヘルマーは三千フローリン、二位のティルグナーは千フローリン、三位のヴァイアは五百フローリンだった。ヘルマーのモーツァルト像は、四本のアルカイックな柱の中央にモーツァルトが座っていて、右手に作曲用のペンを持ち左上を見上げている。柱の上には音楽をシンボライズする竪琴が置かれているものだった。

ところが一位を獲得したヘルマーの喜びは長くは続かなかった。選考順位にかかわりなく選定に関しての決定権を持っていたモーツァルト記念像設立委員会において、十二対十でティルグナーのモーツァルト像が選ばれてしまったのだった。設立委員会はティルグナーに、像全体の性格を保ちつつ若干の変更を加えるよう求め、修正された像で建設することに決定した。

こうした事態を受けて、当時ウィーンではかなりの騒ぎになった。作家のフェリクス・ザルテンは「良い仕立て屋と、エレガントな靴屋、そして彼の社交的な関係によって注文を受けたのだ」と言って、ティルグナーを批判した。

また雑誌には風刺画が描かれた。ヘルマーが四つの柱の中央に鑿を持って立ち、一等賞と書かれた盾で飛んでくる矢を防いでいるものもあったし、ティルグナーとヘルマーがハンマーと鑿を持ってお互いに争い、背後にいるモーツァルトは当惑して「僕のことで？　このハーモニーの名人に、こんな不協和音か。争いをしたければ、どこか別のところでやってくれ」と言っている絵もある。

しかし結局はティルグナーのモーツァルト像が建つことになったのだが、当初の案では、モーツァルトの右手は、ハープシコードの一種であるスピネットという楽器に置かれていた。その後、楽器は外され、体の傾きも少し変えられて、現在見られるような、今にもメロディーに乗って動きだしそうな、優雅なモーツァルト像が完成したのだった。

建てられなかったモーツァルト像

1891 年のコンクールで第 1 位となった、ヘルマーのモーツァルト像

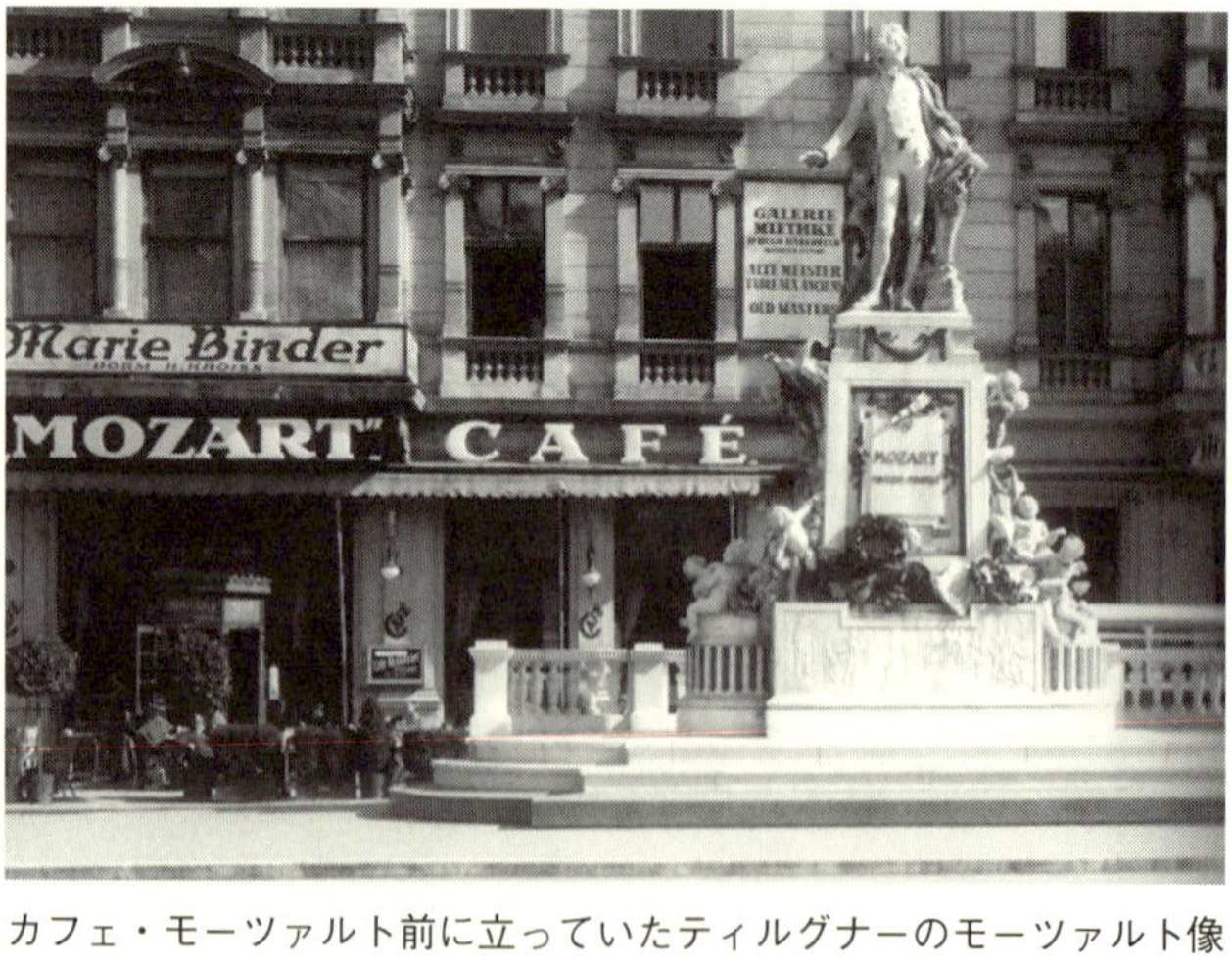

カフェ・モーツァルト前に立っていたティルグナーのモーツァルト像

モーツァルトとシカネーダーの射的板

モーツァルトの『魔笛』（Die Zauberflöte）の台本作家として知られるエマヌエル・シカネーダー（Emanuel Schikaneder 一七五一〜一八一二）は、バイエルンのシュトラウビングという町に生まれている。彼が生まれた時に、両親が与えた名前はヨハン・ヨーゼフという名だった。父はヨーゼフという名で、下僕などとして働く、社会的身分は高くない階層に属していた。父は生年もはっきりしないが、エマヌエル・シカネーダーが生まれて二年後の一七五三年に亡くなっている。

ただ、父親の姓はもともとシカネーダー（Schikaneder）ではなく、シッケネーダー（Schickeneder）だった。また、エマヌエル・シカネーダーは、生まれた時に名づけられたヨハン・ヨーゼフという、いわば変哲のない名前で活動したのではない。むしろ役者や劇作家、そして劇団の座長向きに、エマヌエルと名乗り、シッケネーダーではなくシカネーダーという名で活躍したが、この人物の風貌は、どのようなものだったのだろう。

十八世紀の肖像画というと、有名な王侯貴族などを除けば、いずれも数は限られていて、例えばヴォルフガング・アマデウス・モーツァルトの肖像画も、多いとはいえない。その同時代のシカネーダーを描いたとされる絵や版画などは、きわめて少ない。

一番よく知られているのは、『魔笛』のパパゲーノに扮して、鳥の羽を全身にまとった姿のものだ。しかし、それ以外にシカネーダーを描いたものとして残されているのは、ほんの数枚に過ぎない。役者としての姿で描かれたものとして、鬘をつけた『よそ者』（Der Fremde）などがあるが、眉が太く眼も大きい、がっしりとした男だったことはわかる。

また、円盤の中にシカネーダーが描かれている珍しいものがある。今残されているものは復刻されたものだが、この円い板は、ベルツェルシーセン（Bölzelschießen）という射的遊びの射的板（Schießscheibe）として用いられた。弾を射的板めがけて撃つのは、十八世紀、室内遊戯として人気が高かったのだそうだ。空気銃のように空気を圧縮して弾を飛ばし的を狙って撃つ。もともとは武器や狩猟用の道具として使われていて、ヴィントビュクセ（Windbüchse）という名前だった。空気の圧縮のためには、現代風に言えばコンプレッサーの役目をする道具があり、それは、ウィーンの軍事史博物館に展示されているということだ。

射的は、しだいに狩の道具や武器としてではなく、日常的な余暇の遊びとして広まっていき、射的板には、その時々の話題にちなんだ絵柄が描かれるようになっていく。丸い射的板だが、的は円の中心であるかというと必ずしもそうではない。射的板に書かれた的の円は、描かれた絵によって位置は違っていた。

モーツァルト一家も、父レーオポルトをはじめ、息子のヴォルフガングも、この射的遊びに熱中していた。モーツァルトは十歳ころから射的遊びをしていたということだ。モーツァルト家では、十人ほどの親しい人々を集めた射的会がよく開かれていた。

射的会が行われるのは、日曜日や祭日の昼食後の午後の時間というのがふつうで、さらに射的会が終わってからは、皆でカード遊びに移るということが多かったのだということだ。

モーツァルトの手紙には、射的のことや射的会のことがよく登場する。しかし射的そのものについて詳しく書かれた解説資料は意外なほど少ない。

『モーツァルト』という本を書いた作家のヴォルフガング・ヒルデスハイマーも、射的についてふれているものの、次のような、ごく簡単な書き方だ。「ザルツブルクを去るまでの何年間か、モーツァルトは、タロットや射的そして散歩だけをしていたわけではない。彼はオルガン奏者として活動していた。演奏だけでなく、作曲もしなければならなかった」。

しかし、ヒルデスハイマーの文を見て分かることは、モーツァルトの日常生活の中で、カード遊びや射的が、いかに重要であったかということだ。

射的板には、モーツァルトとベーズレと呼ばれた従妹のマリア・アンナ・テークラとの別れを描いたものもある。二人が別れを惜しんで涙をぬぐっている姿が描かれている。一七七七年十月のアウクスブルクからのヴォルフガングの出発に際して作られ、現在残っているのは、その復刻版だ。ただ、レーオポルトは手紙に「次の日曜には、涙にくれるヴォルフガングとベーズレとの悲しい別離が射的板に現れた」と書き、さらに、「射的板の右にアウクスブルクの娘が立ち、ブーツをはいた旅支度の若い男に別れの花束を渡している。もう片方の手で涙を布で拭いている。布は長すぎて引きずるほどだ。若い男も同じように布を手にして泣いている」と詳しく説明している。この父の手紙に対し、ヴォルフガングは「私のために作ってくれた的は、たいへん素敵です。添えられた詩も最高です」と返事を出している。

一方、シカネーダーが描かれた射的板だが、中央に大きな木があり、その右側の庭園の中にテーブルが置かれ、椅子に座っている女性は、グラスを手にしている。彼女は「彼はきっと来るわ」と、吹き出しで言っている。木の左側は、大きな川沿いの町が描かれていて、川の上にかかる橋の上に、男女が向かい合っている。この川はドナウで町はリンツではないかとも言われている。橋の上のシカネーダーは右手を女の人に向かって差し出し、「約束なんか、誰に対してだって守れない」と言っているところだ。

これはシカネーダーの浮気な性格をあらわすために作られたものといってもよい。彼の浮気性はウィーンでは誰もが知るところだった。板の下部に書かれている一七八〇年という年は、シカネーダーが女優のユリアナ・モルという愛人に子供を産ませた年なのだ。

モーツァルトとシカネーダーの射的板

1777年10月のアウクスブルクからのヴォルフガングの出発を描いた射的板（復刻版）

1780年と記された、シカネーダーが描かれた射的板（復刻版）

「女ほどすてきなものはない」

エマヌエル・シカネーダーは、一七七七年、エレオノーレ・アルト（Eleonore Alt 一七五一〜一八二一）という女性と結婚している。彼女はシカネーダー一座の女優だった。現在のルーマニアの出身で、エマヌエル・シカネーダーより半年年上だった。

エレオノーレに関する肖像画はなく、わずかにシルエットが残されているだけなので、どのような容姿だったかはわからないのだが、当時、演劇関係について記されたものには、「高貴な顔つき」も「おどけた顔」も「意のままにできる」と書かれているかと思うと、別の資料では、「貴婦人を演じるとき」に「気品が欠けている」と記したものもあり、評価は定かではない。

しかし、一座の中の女優として一定の役割を担っていたのだろう。その彼女が、浮気な性格のエマヌエルと結婚したのだ。エマヌエルの兄ウルバンの子、つまりエマヌエルの甥にあたるカール・シカネーダーが書いたところによれば、叔父には「いつも妻以外の愛人がいた」のだった。

エマヌエル・シカネーダーは、立派な体格で声もよく、歌も上手だったので、女性に人気があったのは確かなようだが、結婚後も浮気性はおさまらなかった。

一七七九年には、エマヌエル・シカネーダーの子どもが、二月と七月に、たて続けに生まれている。不思議なことと思うが、じつはどちらもエレオノーレが産んだのではない。二月に産んだのはシカネーダー一座の女優マリア・アンナ・ミラーだった。もう一人の七月生まれの子の母親は、アウクスブルクの町娘だった。

そうしたことから、ついに耐え切れなくなったエレオノーレは夫と別れ、一座の役者でもあり作家でもあったヨハン・フリーデル（Johann Friedel 一七五一〜八九）とともに暮らすことを決心し、彼と新たに劇団を作ったのだった。その後、エレオノーレとヨハン・フリーデルは、ウィーンの現在の四区ヴィーデンのアウフ・デア・ヴィーデン劇場（Theater auf der Wieden）を一七八八年から本拠とした。ところがフリーデルは一七八九年に亡くなってしまい、相続人として劇場を残されたエレオノーレは途方に暮れることになるのだった。

そこで再び登場するのがエマヌエル・シカネーダーで、エレオノーレは、あらためてエマヌエルにヴィーデンの劇場運営の協力を求めたのだった。

アウフ・デア・ヴィーデン劇場は、一七九一年九月三十日、モーツァルトの『魔笛』の初演が行われたことで、その名前が記憶されている劇場だが、現存していない。もともと、フライハウス（Freihaus）と呼ばれた一種の集合住宅のある一角につくられた劇場だった。フライハウスとは、免税家屋といった意味で、所有者だったゲオルク・アダム・フォン・シュタルヘムベルク侯爵が、その功績によって納税免除されていたからだった。

建物全体で、約八百人から千人近くの人々が住んでいて、小さな町のようだったといわれ、その中には、幅約十五メートル、奥行き約三十メートルの、約千人収容の劇場もあったのだ。そこは、アウフ・デア・ヴィーデン劇場ともヴィーデンのフライハウス劇場とも呼ばれていた。

現在、フライハウスのあったあたりは、ウィーン工科大学の近代的な建物が建っているので、昔の様子は、古い絵や写真、あるいは建物に付けられたレリーフなどから想像するしかない。

フリーデルの頃から、暗くなって行われる芝居に足が運びやすいようにと、市の中心部を出た斜堤（グラシー Glasis）のあたりから劇場まで外灯が点けられていた。また、エマヌエル・シカネーダーは劇場の改築を行い、舞台正面の左右に、剣を持った騎士像と仮面をつけた女性像を置いたのだった。

このヴィーデンの劇場での上演のためにシカネーダーが台本を書いたのが、『山出しの馬鹿な庭師、二人のアントン』（Der dumme Gärtner aus dem Gebirge, oder Die zween Anton）だった。劇中の曲は、劇団員のベネディクト・シャックとフランツ・クサーヴァー・ゲルルが作曲した。

この芝居は大当たりをとった。その中の第二幕でシカネーダーが演ずる庭師アントンが歌う「女ほどすてきなものはない（Ein Weib ist das herrlichste Ding auf der Welt）」という歌は、当時、ウィーンでとても流行ったのだということだ。

この芝居を見たモーツァルトは、妻のコンスタンツェに宛てて手紙に書いている。彼は、さらに「女ほどすてきなものはない」のアリアを主題にした八つの変奏からなる『ピアノ変奏曲』（K.613）を作曲している。モーツァルトが作った最後の変奏曲だ。演奏される機会は少なく、有名とは言い難いが、ピアニストに的確な技量を要求する、精緻な構成の最晩年の佳曲だ。

モーツァルトは、アリアの前の前奏部分も含めて曲を始めているが、四分の三拍子の主題を聞くと、この曲が歌いやすく、ウィーンでも人気があったということはよく分かる。シカネーダーが歌った歌詞は次のようだ。

この世の中で、女ほどすてきなものはない
それを否定するような者には

口が腫れるほどお見舞いしてやる
よく、男は訳のわからないことを思い
家には無一文ということもある
そうした時、女はそんなことを
頭から追いやってくれる
髭や顎から消し去ってくれるのだ
そして、男は女をにっこりとして見る
それを否定するような者には
口が腫れるほどお見舞いしてやる
この世の中で、女ほどすてきなものはない

といったように歌うのだが、いかにもシカネーダーならではの歌、といってもよいかもしれない。

シカネーダーと『魔笛』

モーツァルトは、「女ほどすてきなものはない」の主題によるピアノ変奏曲をはじめ、シカネーダーの一座に関連した作品をいくつかに提供している。例えば、バスのアリア『このうるわしい御手と瞳のために』(K.612)は、コントラバスのオブリガート付の曲だ。バス歌手とコントラバスという、きわめて珍しい取り合わせだ。シカネーダー一座の俳優でバス歌手のフランツ・クサーヴァー・ゲルルと、一座の楽団で演奏していたフリードリヒ・ピシュルベルガーのコントラバスを念頭に、モーツァルトが書いたのだった。

ゲルルは、『魔笛』の初演で、ザラストロの役を演じ歌うことになる人物だった。このバスのアリアをモーツァルト自身、自作作品目録に一七九一年三月八日の日付で記している。三月というのは、ちょうど、イタリア語ではなくドイツ語で上演されるオペラの作曲を、シカネーダーから依頼された月だった。モーツァルトはすでに四月には『魔笛』の作曲にとりかかったと思われる。

身ごもっていた妻のコンスタンツェは、六月四日、湯治でウィーンの南のバーデンに滞在するために、夫のアマデウスを伴わずに出発した。そして四日後の六月八日には、妻を見舞うためにモーツァルトはバーデンに向かう。その間の三日間、現代ならメールなどでの連絡が毎日あっても不思議はないが、モーツァルトは、連日、かなり長めの手紙を出している。

その後も、バーデンからウィーンに戻ったアマデウスは、コンスタンツェに宛てて、しばしば長い手紙を書いているが、六月十一日付の手紙では「オペラのアリアを一曲書いた」とある。これは『魔笛』の中の一曲だとされている。また、翌十二日付の手紙では、「気晴らしに、新しいオペラ『ファゴット吹き』のカスパルを見に行った」と書いている。

『ファゴット吹き』とは、レーオポルトシュタット劇場で六月八日に初演された、ヨアヒム・ペリネ台本、ヴェンツェル・ミュラー作曲のジングシュピール『ファゴット吹きのカスパル、または魔法のツィター』(Kaspar der Fagottist, oder Die Zauberzither) のことで、大人気を呼んだものだ。この『ファゴット吹き』も『魔笛』も、作家クリストフ・マルティン・ヴィーラントの『ジニスタン』(Dschinnistan) から題材をとっているので、その類似性をモーツァルトは気にしていたのだろう。しかしモーツァルトが、『ファゴット吹き』について十二日付の妻宛の手紙で「どうというものではなかった」と書いているのは、『魔笛』についてのモーツァルトの自信のあらわれかもしれない。

モーツァルトが『魔笛』の作曲を行っていたのは、主にラウエンシュタインガッセの住居だったが、それに加えて、シカネーダーが芝居を上演していたアウフ・デア・ヴィーデン劇場があるフライハウスの中の、あずまやのような小さな建物でも仕事をした。現在、フライハウスの一帯は、当時の面影をまったく感じないような近代的な建物に変ってしまってい て、「魔笛小屋」(Zauberflötehäuschen) と呼ばれていた作曲小屋もここにはない。

「魔笛小屋」は、一八七三年ザルツブルクに移され、七七年にはカプツィーナベルクに設置された。小屋がカプツィーナベルクにあった頃の様子は、モーツァルト像とともに写ったり描かれたりした古い絵葉書や版画を見るとわかる。現在、魔笛小屋は国際モーツァルテウム財団の庭に置かれている。

『魔笛』は九月三十日、アウフ・デア・ヴィーデン劇場で、モーツァルト自身の指揮で初演された。当時の配役表が残されていて、それを見ると、ザラストロはゲルル、タミーノはモーツァルトの二歳年下のシャック、三人の僧侶の第一はシカネーダーの兄、ウルバン、夜の女王はモーツァルトの妻コンスタンツェの長姉ヨゼーファ・ヴェーバー、パミーナは十七歳のゴットリープ、そしてパパゲーノはエマヌエル・シカネーダー、パパゲーナにあたる役はゲルルの妻だった。こうしたことでもわかるように、まさしく「シカネーダー一座」としての出し物だったわけだ。

初演時のポスターには、「オペラ台本は二葉の銅版画も付けられている。それには実際の衣装を身につけたパパゲーノ役のシカネーダー氏が彫られている。劇場切符売場において三十クロイツァーで販売される」と書かれている。

その姿を見ると、初演時から、人間がまるで鳥になったような衣装だったことがわかる。『魔笛』というオペラ自体、架空の時代、架空の場所の話として設定されたのだから、そうした非現実的な衣装も分からないわけではない。現代ではパパゲーノも、読み替え演出では、いろいろな姿で現れる。例えば、二〇一二年のザルツブルク音楽祭のニコラウス・アーノンクール指揮、ヤンス゠ダニエル・ヘルツォーク演出では、パパゲーノは三輪の軽自動車を運転して登場する。その自動車の側面には、「パパゲーノの歌う鳥。デリカテッセン」と書かれていたりする奇抜なものだったが、十八世紀末のシカネーダーたちも、人々の耳目をいかに集めるかという点では、決して現代に劣ることはなかった。

第一幕の最初から大蛇が現われ、魔法の笛と動物たち、空飛ぶ童子たちというように、スペクタクルで観客を惹きつけようとした。いわば日本の歌舞伎や文楽で言うところの、「外連」ともいうべきものがあったということだろう。

一七九一年十月九日のヴィーデン劇場での『魔笛』公演について、ベルリンで出された『ムジカーリッシェス・ヴォッヘンブラット』誌も、「新作のマシーン・コメディー」と書いていたのだった。

パパゲーノの衣装をつけたシカネーダー

『魔笛』の初演

モーツァルトの『魔笛』がヴィーデンのフライハウス劇場で初めて上演されたのは、一七九一年九月三十日だった。その作曲を一七九一年五月に開始している。そして夏にも作業を続けていたが、その一方で、七月、皇帝レーオポルト二世のボヘミア王戴冠式の祝典用オペラ『皇帝ティートの慈悲』の作曲も依頼されたので、きわめて忙しい夏だったといえる。

『皇帝ティートの慈悲』は、九月六日、プラハで、皇帝レーオポルト二世と皇后マリア・ルイーゼの臨席のもとに初演された。そしてモーツァルトは九月中旬にはウィーンに戻り、彼が記した作品目録では二十八日に『魔笛』の作曲を終えている。そして、三十日にヴィーデン劇場でモーツァルト自身の指揮によって『魔笛』の初演が行われたのだった。

モーツァルトが自ら指揮したのは、九月三十日の初演時と十月一日の再演の二回だった。その後はシカネーダー一座の楽長ヘンネブルクが指揮を行っている。

十月の初めには、モーツァルトの妻コンスタンツェは、妊娠中からたびたび訪れていた、ウィーンの南にある温泉地バーデンに再び出かけている。妻に宛ててモーツァルトは手紙を出しているが、そこには新しいオペラ『魔笛』についての、聴衆の反応なども記されていて興味深いので、何か所かを引用しながら見てみたい。

モーツァルトは、十月七日金曜日のことについて、次のように手紙を書き始めている。「最愛の最上のきみに！　金曜日、十時半。夜。ちょうどオペラから戻ったところだ。いつもと同じように満員だった。——第一幕の「男と女は」の二重唱などやグロッケンシュピールは、いつものようにアンコールで繰り返された。——第二幕の童子たちの三重唱でもそうだった。——でもぼくが一番うれしいのは、静かな賛意だ。——このオペラがたしかに評価をますます高めているのが見て取れるのだ」。

十月七日金曜日の手紙にも書かれているが、『魔笛』が初演されたころ、モーツァルトが毎日のように歩いていた道について少しふれておくと、ラウエンシュタインガッセの住まいからフライハウス劇場まで、彼は歩いて通っていたのだった。

「五時半にシュトゥーベントーアを通って出かけ、グラシーを抜け劇場に行った——これは、ぼくのお気に入りの散歩だ」と書いている。

モーツァルトが「散歩」という、フライハウス劇場への「通勤路」を、現在の道路の名を合わせながらたどってみると、ラウエンシュタインガッセからヴァイブルクガッセ、ザイラーシュテッテ、シュトゥーベンバスタイ、ヴォルツァイレ、シュトゥーベントーア、ヴァッサーグラシーと呼ばれていたパルクリング、シューベルトリングのあたりから、ケルントナーリングのところを通ってカールスプラッツ、ヴィードナー・ハウプトシュトラーセを通ってフライハウス劇場に着いたのだった。

手紙に戻ってみると、さらに十月八日の土曜日の手紙では、コンスタンツェからの手紙をモーツァルトは受け取ったとみられ、次のような書き始めだ。

「土曜日、十時半。最愛の最上のきみに！

オペラから戻った時、この上ない喜びと嬉しさをもって、きみの手紙を見つけた。土曜日は郵便集配日なので入りが悪い日なのに、大入りだ。いつものような拍手喝采で、何度も繰り返しての演奏がされたのだ。——明日はまた上演がある」。

十四日付の手紙では、サリエリが『魔笛』を初めて見た十三日の様子も書かれている。

「六時に、サリエリとカヴァリエリ夫人を馬車で迎えに行き、ロージェ（桟敷席）に案内した」。「二人が、どんなに好意的だったか、きみには想像もできないほどだったよ。——二人は、音楽だけでなく、台本などもぜんぶ気に入っていた。二人とも、これこそオペラ（Operone）だ、最大の祝祭で、最高の君主を前に上演するに値する。きっとまた観に来よう。こんなに素晴らしい好感が持てる出し物はまだ見たことがないからだ、と言った」。

このように、『魔笛』の初演時には、一般の人々にも受け入れられ、成功を収めていたことがわかるし、サリエリからも好意的な言葉で評されていたのだった。

モーツァルト自身の手紙で、当時の様子がよく分かるが、さらに手紙の中には、鳥の衣装をまとったシカネーダーが演じるパパゲーノについて、モーツァルトが、上演中に悪戯を仕掛けたことも書かれていて面白い。十月八日と九日の日付で書かれた手紙に次のような個所がある。

「パパゲーノがグロッケンシュピールでアリアを歌う時、ぼくは舞台のそでに行った。ぼくは、今日は自分でそれを演奏してみたくなったからだ。――そこでぼくは悪戯をしたのだ。シカネーダーが鳴らそうと構えた瞬間に、ぼくがアルペジオを鳴らしてしまったのだ。――あいつはびっくりした。あたりを見回し、ぼくを見つけた。――二度目にグロッケンシュピールが出るところで、ぼくは、今度は何もしなかった。――するとあいつは、動かないままで先に進もうとはしなかった。ぼくはあいつの思っていることを察知して、もう一度和音を鳴らしたのだ。――すると今度は、あいつはグロッケンシュピールを鳴らして、「うるさい！」と言ったのだ。――みんなは大笑いした。――この悪戯で、多くの人は、シカネーダーが自分で楽器を演奏しているのではないということが、はじめて分かったと思う」。

こうしたことから、シカネーダーとの親しい関係や、さらに、モーツァルトにとって『魔笛』がいかに自らの手中にある作品であったかも見て取れる。

『よそ者』という芝居におけるシカネーダーを描いた銅版画（1788 年 Wien Theatermuseum）

幻のウィーン市歌

幻のウィーン市歌

ヨハン・シュトラウス（子）（一八二五〜九九）の『美しく青きドナウ』が初演されたのは一八六七年だったので、二〇一七年は初演から一五〇年目にあたっていた。それを記念して、市庁舎にあるウィーン図書館（Wien Bibliothek）では、約半年間にわたって記念展示会が開かれていた。

『美しく青きドナウ』は、ヨハン・シュトラウスの作品の中でも最も有名で、ウィーンを代表する曲だ。この曲が初演当時どの程度の人気を呼んだのか議論のあるところだが、初演の年一八六七年には、ピアノ版もシュピナ社から出版されたので、当初から需要が見込めると思われていたのは確かだろう。

ところで、かなり前の一九九三年の調査だが、ウィーン市歌は何だと思うか、というアンケートがとられたことがある。対象は、十四歳から七十代までの七〇〇人で、年代による多少のばらつきはあるが、総計では『美しく青きドナウ』を挙げた人が二十七人、それ以外の歌を挙げた人が三十六人、「ウィーン市歌はない」あるいは「分からない」と答えた人が六三七人と圧倒的だった。

『美しく青きドナウ』は、しばしば「非公式なウィーン市歌」だと言われることもあるのだが、そもそも、ドナウ河はウィーンだけを流れているわけではないし、むしろ「非公式なオーストリア国歌」というほうが適当だとよく言われる。

ただ、アンケートにあるように、ウィーン市歌というものがない、または知らないというのは、ごく普通の判断なのだ。というのは、「きわめて公的には」、ウィーン市歌は存在しないし、また存在しなかったからだ。

しかし今あげたアンケートで、「その他の歌」を挙げた人が三十六人だが、その過半数の二十人が、当時、五十代と六十代だったのは、じつは注目してもよいかもしれない。

かつて、ウィーン市歌のような扱いをされた『なれを愛す、わがウィーンよ』（Ich hab' dich lieb, mein Wien!）という曲が、ミヒャエル・クリーバ作詞、レオ・レーナー作曲で、一九五四年にドブリンガー社から出版されていたことがある。作曲者のレオ・レーナーは、合唱団「ユング・ウィーン」の創設者でもあり、この合唱団の歌唱で『なれを愛す、わがウィーンよ』は、レコードにも収められている。歌詞を記してみると、次のように四分の三拍子で歌い始められる。

お前の価値にあう歌を歌う
ドナウの畔の町よ
わが心は愛に熱く燃え
それはお前に向けられる
春の美しい魔法の中に光り輝くときも
冬のやすらぎを求めるときも

そして、ゆっくりとしたワルツのテンポになって、のびやかに明るく歌われる。

世界がどんなに美しくても
私はそれに惹かれることはない
私が愛するのはお前なのだ
美しい町よ、なれを愛す。わがウィーンよ

さきほどのアンケートで一九九三年頃、五十代から六十代だった人たちは、一九五四年当時、ちょうど十代から二十代だったので、このレーナーの歌を聴いていた可能性は十分にあるわけだ。しかしその後、この曲が公式にウィーン市歌とされ、歌われていくことはなかったのだということだ。

ウィーン市歌があるとアンケートに答えた人たちは、レーナーの『なれを愛す、わがウィーンよ』を思い起こしたのではないかと書いたが、レーナーの曲の他に、もう一つ彼らが思い浮かべた可能性のある曲がある。それは一九八二年の『ウィーンへの賛歌』(Hymnus auf Wien)だ。

ワルター・ベック作詞、ヘルベルト・オーバー作曲で、一九八二年六月、ウィーン男声合唱協会によって初演されたとされている。もともと当時のウィーン市長レーオポルト・グラッツの五十歳の誕生日のために作られたものだった。レコードでも『ウィーンへの賛歌』というタイトルのアルバムに収められていた。四分の三拍子での曲で、八番まであるが、一番と二番の歌詞を記してみる。

ベルトのように連なるわがドナウのある町
お前には多くの悲しみもあったが
われらの愛はけっして涸れることはない
ウィーンよ、われらのために

赤・白の旗をたなびかせよ
誠実に心から、わがシュテッフェルが
決してなくならぬことに感謝する
プンメリンの鐘よ
美しい響きの中に成就する
希望の音を常に奏でよ

記録を見ると一九八〇年代にはよく演奏されていたようだが、このゆったりとした四分の三拍子の歌は、今ではあまり知られていない。

しかし、そもそも「音楽の都」であることには、誰しも異論のないウィーンに、市歌がないというのは、不自然だという意見は、時々あらわれる。

以前、ある新聞社が、「ウィーンは市歌を求める」という見出しで、ウィーンの市歌となるべきものを五千ユーロの懸賞金で募集したことがある。四百五十もの応募があり、その中から『ウィーンよ、お前の名があげられる』という作品が選ばれ、曲もつけられたのだが、しかし、残念なことにこの曲も、あまり有名とはならなかった。そして、ウィーンは、いまだに「市歌」がない「音楽の都」のままだ。

『美しく青きドナウ』のピアノ版（シュピナ社 1867 年発行）の表紙（Wien Bibliothek im Rathaus）

リング通りの名前の変遷

ウィーンのいわゆる旧市街は、リング通り（Ringstraße）という環状道路で囲まれているが、ドナウ運河沿いの部分は、一・三キロにわたってフランツ・ヨーゼフス・ケー（Franz-Josefs-Kai）と名付けられている。

Kaiというのは岸壁という意味で、語形からはオランダ語のkaaiが近いが、古い地図ではFranz-Josefs-Quaiと書かれているものもあるように、直接にはフランス語のquaiからウィーンに入ったとされている。Kaiはドイツでは「カイ」と発音されるが、オーストリアではフランス語風に「ケー」と言われる。

フランツ・ヨーゼフス・ケーが開通したのは一八五八年五月一日だった。フランツ・ヨーゼフ皇帝が、バスタイ（Bastei）という市壁や、その外にある斜堤のグラシーを取り払って都市改造に取りかかると発表したのが一八五七年の暮だった。したがって、半年でフランツ・ヨーゼフス・ケーは出来たということだ。

このドナウ運河の岸壁沿いの通りも、リング通りと一体になる道路の一部として造られたのだった。そして二〇一五年は、リング通りが最初に開通した一八六五年から一五〇年ということで、さまざまな行事が行われた。

リング通りより七年も早く開通した運河岸壁沿いの道路は、当初から現在まで一貫して、フランツ・ヨーゼフス・ケーと呼ばれている。しかしその一方で、リング通りを周っていくと、曲がり角ごとに名前が変わる。

開設当時から名前が変わらずに使われ続けているのは、北東から北にかけてドナウ運河に接するシュトゥーベンリング（Stubenring）とショッテンリング（Schottenring）の二つだけで、それ以外のリングは、時代によって名前を変えているので、少し細かく、時計回りに見ていこう。

シュトゥーベンリングに続くのは、ヨハン・シュトラウス像がある市立公園に沿ったパルクリング（Parkring）だが、ここは、一九一〇年、ドイツ皇帝ヴィルヘルム二世のウィーン訪問の機会に、彼の名誉を讃えて皇帝ヴィルヘルム・リング（Kaiser-Wilhelm-Ring）と改名されていたが、第一世界大戦後の一九一九年、再びパルクリングに戻っている。

パルクリングに続くシューベルトリング（Schubertring）が、この名になったのは一九二八年からで、それ以前は、ボヘミア出身の貴族で、メッテルニヒに反対する穏健な自由主義の政治家でもあったコロヴラート伯爵の館があったことから、コロヴラートリング

（Kolowratring）と言われていた。

それに続くのが、ケルントナーリング（Kärntnerring）とオーパンリング（Opernring）だ。ケルントナーシュトラーセと交わりケルントナー門があったところと、歌劇場があるところだから、この名は不思議はない。だが実は、一九一七年から一九年までの二年間だけは、それぞれ、皇后ツィタ・リング（Kaiserin-Zita-Ring）と皇帝カール・リング（Kaiser-Karl-Ring）という名だった。カール皇帝は帝国最後の皇帝であり、その皇后がツィタだったからだが、第一次世界大戦による帝国崩壊後、それぞれ元の名であるケルントナーリングとオーパンリングに戻された。

ブルクリング（Burgring）は、リング通り建設で最も早く整備されたところだ。一八六三年からブルクリングという名が与えられており、六五年のリング開通式もこの部分で行われた。しかし、最も由緒ある名前であったにもかかわらず、歴史の中で、たびたび名称変更が行われていて分かりにくい。

第一次世界大戦後、第一次オーストリア共和国の初代首相を務め、そして第二次世界大戦後、第二共和制のオーストリアにおいて首相を務め、さらに初代大統領となったカール・レンナー（一八七〇～一九五〇）の名を付けた現在のドクター・カール・レンナー・リング（Dr.-Karl-Renner-Ring）のあたりからウィーン大学前を通りショッテントーアにかけては、皇帝フランツ一世の名をとったフランツ門がバスタイにあったので、一八七〇年から一九一九年までフランツェンスリング（Franzensring）と呼ばれていた。

ここは一九一九年から三四年まではオーストリア共和制の成立の日にちなみ、十一月十二日リング（Ring des 12. November）となったが、三四年には、ドクター・イグナーツ・ザイペル・リング（Dr.-Ignaz-Seipel-Ring）とドクター・カール・ルエーガー・リング（Dr.-Karl-Lueger-Ring）に二分割された。

その南西部分の名になったイグナーツ・ザイペルは第一次世界大戦後の一九二〇年代、二度にわたって首相を務めた人物だった。しかしここは、ドイツとの併合後の一九四〇年から四五年までは、ウィーン大管区指導者（Gauleiter）のヨーゼフ・ビュルケルの名を付けた、ヨーゼフ・ビュルケル・リング（Josef-Bürckel-Ring）とされたのだった。

だが敗戦後の四五年から四九年まで再びドクター・イグナーツ・ザイペル・リングとなり、戦後の一九四九年から五六年まで国会議事堂リング（Parlamentsring）と呼ばれた後に、ドクター・カール・レンナー・リングという名になったのだった。

このように、たびたび名前を変えた部分の北側の道路は、一九三四年から二〇一二年までの長い間、ドクター・カール・ルエーガー・リング（Dr.-Karl-Lueger-Ring）と、変わらずに呼ばれ続けてきた。

カール・ルエーガー（Karl Lueger 一八四四〜一九一〇）は、一八九七年から一九一〇年までウィーン市長を務めた。彼は、市営交通網の整備、公営の電気・ガス事業、上下水道の整備、市営病院建設といった都市の公共政策を積極的に推進し、しばしば絵画にも描かれるなど人気も高かったのだが、しかしその一方で、ハンガリー批判を行う反ユダヤ主義者でもあり、ヒトラーが大きく影響を受けた人物でもあった。

そうしたことからウィーン大学の前のリング通りの改名問題が、二〇一五年のウィーン大学創立六百五十年を前に起こり、記念の年を三年後に控えた二〇一二年に、長く続いていたドクター・カール・ルエーガー・リングから、大学リング（Universitätsring）と改称されたのだった。

1865年5月1日のリング通り開通式（ラディスラウス・オイゲン・ペトロヴィッツ画　Wien Museum）

ドクター・カール・ルエーガー像

ウィーン大学から市庁舎前にかけてのリング通りは、二〇一二年、ドクター・カール・ルエーガー・リングから大学リングに道路名変更がされたのだが、しかし以前の、ドクター・カール・ルエーガー・リングという名前は、ドクターという称号までついていて、いかにも大仰な道路名だと、外国人は誰しも思う。

オーストリアという国は、とくに肩書が重要視され、ドクターという学位を持っていれば、例えば、住まいの入口の居住者表示板にも、名前の前に博士（Dr.）などと記入する習慣まである。いずれにしても、この国の人たちは肩書好きで、肩書への願望（Titelsucht）が強い。

誰かに会った時、相手がドクターという称号を持っているなら「ヘア・ドクター！」（Herr Doktor!）と呼びかけるのが礼儀だ。だから、そうした習慣を知らない外国人が、ウィーンはやたらに医者が多いと思い込んだ、といった笑い話もあるほどだ。

ウィーン大学前がドクター・カール・ルエーガー・リングと呼ばれていた頃は、道路名を見て、カール・ルエーガーというのは、大学関係の学者だろうと思った人もいたということもあった。

市庁舎広場は、一八七二年から一九〇七年までと一九二六年から三八年まで、さらに一九四五年以降現在に至るまでは、市庁舎広場（Rathausplatz）と、誰が見ても当然と思うような名前で呼ばれている。しかし、一九三八年から四五年まではアドルフ・ヒトラー広場（Adolf-Hitler-Platz）という名前にされていたのだ。一九三八年のドイツへの併合時には、ウィーンだけでなく、例えばグラーツ、リンツ、インスブルックといった大都市からシュタイヤーといった地方の町まで、町の中心にあたるところが、ヒトラー広場と改名されたのだ。

ザルツブルクのミラベル庭園とモーツァルトの住居との間のマカルト広場は、一九三四年から元首相のドルフス（Engelbert Dollfuß 一八九二〜一九三四）の名が付けられドルフス広場（Dollfuß Platz）とされていたが、その地名板をアドルフ・ヒトラー広場（Adolf-Hitler-Platz）と架け替えている一九三八年三月の有名な写真もある。

首都ウィーンを代表する広場である市庁舎広場も、時代によって名前が頻繁に替えられていて、一九〇七年から二六年までは、ドクター・カール・ルエーガー広場（Dr.-Karl-Lueger-Platz）という名前だった。そのことは、カール・ルエーガーが、いかにウィーン市長として人気が高かったかを表している。反ユダヤ主義者であるとの批判があり、ウィーン大学前の道路名変更にもつながったのだったが、しかし、他にも何か所もルエーガーにちなんだ地名や記念碑などがある。そのいくつかをあげてみる。

中央墓地に建つカール・ボロメウス教会（一九〇八年～一〇年建設）は、ルエーガー市長がその設立に貢献したことで、カール・ルエーガー教会とも呼ばれ、祭壇上の壁画にも彼の姿が描かれている。また、あまり知られていないが、ヒーツィングのラインツに開設された、現在は老人医学センターになっている老人ホームには、一九〇四年、カール・ルエーガーの像が建てられた。その少し南にある、ルエーガー市長時代に建築が始められたラインツ病院（一九〇八年～一三年建設）の庭には、中世の騎士のローラント像があるが、その顔は、昔話の本などによく描かれるローラントとは違う。実は、カール・ルエーガーの顔をもとにして制作されたものだ。さらに、ウィーンの森の中のコベンツル付近にも、森の保護に貢献したとしてルエーガーの胸像が建てられているし、西駅近くのマリヒルファー・ギュルテルには、彼がギュルテルに緑地帯を造ったことを讃えるオベリスクがある。

しかし、最もよく知られているのは、地下鉄シュトゥーベントーア駅を出た所の、その名も「ドクター・カール・ルエーガー広場」（Dr.-Karl-Lueger-Platz）にある彼の像だ。四メートルもあるブロンズだ。台座の部分には四方向に彫像があり、下にもレリーフが刻まれて、ルエーガーの市長としての業績をあらわしている。四つの彫像を順番に見てみると、ガス管工事にあたる若い労働者は「ガス公営化」、杖を手にした老人は「ラインツの老人ホーム建設」、子どもを連れた母の像は「未亡人や孤児扶助」、若い農業労働者は「森や草地帯の保護育成」をあらわしている。

ルエーガー市長像の建設は、一九一〇年に彼が亡くなった直後から計画された。ルエーガー像建設のコンペには五十三もの応募があった。その中から採用が決定されたのは、ヨーゼフ・ミュルナー（Josef Müllner 一八七九〜一九六八）のプランで一九一三年から一六年にかけて制作された。当初、設置場所として考えられたのは市庁舎前の広場だった。そこは当時、市庁舎広場という名ではなく、ドクター・カール・ルエーガー広場だったのだから、誰も疑問に思わなかっただろう。だが、第一次世界大戦の勃発によって、設置が延期されたままになってしまったのだった。

ところが、第一次世界大戦で帝国が崩壊し、オーストリア共和国が成立することになり、ルエーガー像を市庁舎前に置くことにも疑問が出されるようになった。さらにドクター・カール・ルエーガー広場と呼ばれていた広場は市庁舎広場と名前を変えることになる。

そのため結局、当時はまだ名前のついていなかった、シュトゥーベントーアのところの広場に、ドクター・カール・ルエーガー広場という名前を新たに与えて、ルエーガー像も設置されることになったのだった。

ザルツブルクのドルフス広場も、1938 年の併合でアドルフ・ヒトラー広場に改名された。(Austria Forum)

『ルエーガー行進曲』

カール・ルエーガーは、首相になることもなかったし、帝国時代だから、もちろん大統領になることなどなかった。しかし、キリスト教社会党を率い、一八九七年から一九一〇年まで市長を務めた。いわゆるウィーン世紀末における、きわめて重要な政治家だった。

作家フェリクス・ザルテン（Felix Salten）はルエーガー市長について「彼は、路面電車、ガス工場、電気照明、葬儀、病院を、まるで征服した地域を占領するように取り入れていき、そこから権力の新たな手段を生み出した」と書いている。

ルエーガーが取り組んだウィーン近代化の足跡は各所に残されている。近代都市ウィーンの基礎を作った彼の業績は重要であったが、しかしその一方で、反ユダヤ主義者であったことから、現代での評価は複雑だ。それは大学前のリング通りの名前をめぐる改名問題や記念像や広場名に見られる。

クライストの研究家で作家のルート・クリューガー（Ruth Klüger）は、ユダヤ系であり、アウシュヴィッツにも捕えられていた経験を持つが、二〇〇八年に出版した本の中で、第二次世界大戦後ウィーンに戻ってきた時、「ルエーガー」という名前に接した様子を次のように書いている。

「帰還してきて、悪名高い反ユダヤ主義者の名前が付けられたリング通りの一部分に面して建つ大学のところを歩いた。カフェ・プリュッケルに立ち寄ろうと散歩を続けていくと、再び、その男に出くわすことになった。しかも二度もだ。まず、その男の記念像だった。そしてさらに、この記念像が建つ広場の名前としてだった」。

ルエーガーの反ユダヤ主義者としての面から、ユダヤ系の人々の反発が大きかったのは、例えば映画監督ビリー・ワイルダーの言葉でもわかる。彼は現在ポーランドの一地方になっているオーストリア＝ハンガリー帝国領のガリツィアで生まれ、ウィーンで育ったが、一九三三年、フランスを経由してアメリカに亡命している。ワイルダーは八十一歳の時、ウィーン市栄誉メダルをロス・アンジェルスでオーストリア総領事から受けたが、その時ワイルダーは「今のウィーン市長は誰ですか？」と尋ね、「ヘルムート・ツィルクです」との答えを聞くと、「大切なのは、ルエーガーはもういないということです」と返事をしたのだということだ。

たしかに、ルエーガーの反ユダヤ主義者としての面が、ヒトラーにも影響を及ぼしていたのは、『わが闘争』を読んでもよく分かる。ヒトラーは、一九一〇年のルエーガー市長逝去の折の葬列の際、「亡くなった市長の大規模な葬列が市庁舎からリング通りへと進んでいった時、私は数十万の人々の中にいた。深い感動を覚えた」としている。当時、ルエーガーを「あらゆる時代を通して最も強力なドイツ人市長」と評していた。ヒトラーは、ウィーンで、ルエーガー・メダルをいつもポケットに持っていたのだと言われている。

ルエーガーは、ヒトラーにも影響を与えたものの、むしろ直接につながっていると見られるのは、一九三〇年代のオーストリア・ファシズムへの影響だ。この時代に作られた『酢と油』（Essig und Öl）という映画のなかでは、ハンス・モーザー（Hans Moser）が「ルエーガー先生が私に握手をしてくれた」（Der Doktor Lueger hat mir die Hand gereicht）と語るように歌うのがよく知られている。ハプスブルク帝国時代を懐旧的に思う時代を反映しているともいえる。

しかし、ルエーガーはメディアを協力関係におき、利用することにも長けていた。ウィーンでは昔からイタリア出身の石膏像売りの人々がいたが、『キケリキ』（Kikeriki）という反ユダヤ主義的な新聞のカリカチュアでは、ケルントナー通りで、たくさんのルエーガーの胸像を籠に入れて売る人を登場させて、ルエーガーの人気の高さとユダヤ人への嘲笑を伝えている。

また、ルエーガーに関した音楽も作られているのも音楽の都ウィーンならではなのかもしれない。一九〇四年のルエーガー市長の六十歳を祝ったフリードリヒ・ルプレヒト作曲の『ウィーン万歳』というワルツがあったことなどが知られている。
なかでも有名なのは『ルエーガー行進曲』(Lueger-Marsch) だった。エドゥアルト・ネラート (Eduard Nerradt) 作曲の軽快なマーチで、今ではほとんど聞かれないが、かつてはよく演奏されたのだそうだ。次のような歌詞付きで歌われることもあった。三番まであるが、その一番は次のようだ。

われらを戦いに導く勇者を讃えよ
彼にふさわしい栄誉と感謝を示そう
彼のために手を掲げ祈ろう
神よ、旗がはためくところ
われらに勝利を賜らんことを
ルエーガー万歳、心からの歌を歌おう
喜んで頌歌を歌おう、偉大なる男に栄えあれ

しかしその一方で、この『ルエーガー行進曲』の替歌としての風刺歌もあった。珍しいも

のなので紹介してみる。やはり三番まで替歌が作られているうちの一番の歌詞だ。

若い臆病な鹿が導く「勇者」を讃えよ
彼にふさわしい栄誉を示そう
指で彼を指し示そう
あの大嘘つきを
平然とわれらを欺こうとするのだ
まっぴらだ、ルエーガー
修道僧のしもべなのだ
キリスト教徒との標はもらっているものの
虚偽に満ちているのだ

木製の演台のところに立つルエーガーの小像。舞踏会の記念品。
(Wien Museum)

「美男カール」と女性たち

カール・ルエーガーは、一八九七年にウィーン市長に就任し、亡くなる一九一〇年までの約十三年の長期にわたって市長の座にあった。しかし彼は簡単に市長になったわけではなかった。

一八九五年の選挙で急速に勢力を拡大した、ルエーガーを中心にした「キリスト教社会党」は、九月の市議会選挙において、百三十八議席中で九十二議席を獲得した。これは全議席の三分の二にあたる絶対多数だった。

そこで、市議会はルエーガーを市長に選出したのだが、フランツ・ヨーゼフ皇帝は、ルエーガーが市長になることに懸念を示し、三回にもわたって、いわば認証を拒むような動きを示したのだった。

その懸念は、ルエーガーの反ユダヤ的、反ハンガリー的な姿勢や言葉だった。ルエーガーは、「ユダヤ・ハンガリー」という意味で「ユダヤマジャール」とか、ブダペストをもじって「ユダペシュト」(Judapest)などと攻撃的な言葉を使っていたからだ。

カール・ルエーガーのユダヤ人にまつわる次のような逸話を、作家のフリードリヒ・トーアベルクが書いている。

ルエーガー市長が執務中に、「レーヴェンシュタイン＝ヴェルトハイム＝フロイデンベルク（Löwenstein-Wertheim-Freudenberg）」という人の来訪を告げられたのだが、秘書が名前を切れ切れに聞こえるように発音したためか、ルエーガー市長は、ユダヤ系の名前の、レーヴェンシュタインとヴェルトハイムとフロイデンベルクの三人が訪ねてきたものと思って、「三人のユダヤ人に、待つようにと言いなさい」と言ったということだ。だが本当は、レーヴェンシュタイン＝ヴェルトハイム＝フロイデンベルクというのは、ウィーンの実在の侯爵の名前なのだ。

ルエーガーはユダヤ人への反発をもつ一方、大衆を意識し、自らを彼らにいかに認知させるかにも気を配っていた。選挙戦の最中には「ルエーガーの皿」（Lueger-Teller）というものもあった。ソーセージが載せられた皿で、食べ終わると、その下にはルエーガーの肖像が登場するという仕掛けだった。

若いころから、庶民出身の弁護士として一般市民のために無料で弁護を行ったこともあるし、市長になってからも、給料の半分を貧しい人のためと言って返上するなどといったこともした。

ルエーガーの人気はきわめて高く、ウィーンには「二人の皇帝」がいるとまで言われた。つまり、フランツ・ヨーゼフが「ハプスブルクの皇帝」であり、ルエーガーは「市民たちの皇帝」だった。ルエーガーについては、「ウィーンの神さま」（Der Herrgott von Wien）というほどの表現までもあり、驚くばかりだ。

そのカリスマ性を高めることについては、当時、選挙権を持たない女性たちの活躍が大きかった。家庭などにおける女性の意見や考えが、政治にも反映し始める時代になっていたということもできる。

ルエーガーは、「美男カール」（Der schöne Karl）と呼ばれ人気が高く、彼を支持する女性たちのグループも作られていた。そうした女性たちも歌ったとされる歌に「キリスト教社会党員の忠誠の誓い」（Treuschwur der Christlichsocialen）という曲もあった。六連目には、やはりルエーガーが登場する。

ルエーガー万歳！　実行力で彼に比する者なし
彼はドナウの岸辺の誠実なる護りを行う
そこから誰ひとりとして退くことは許されない
すべての者が兄弟のように繋がり抱き合うのだ

女性たちに人気の高かったルエーガーなのだが、じつは生涯独身だった。ウィーンの女性たちを失望させないようにするためだったとも言われている。彼の世話をしていたのはルエーガー家のヒルデガルトとローザという姉妹だった。

独身を通したルエーガーであったが、実は、女性と無縁であったわけではない。特に二人の女性と近い関係にあったことが、後になって分かっている。

ルエーガーと親密だった女性であると分かった一人の女性は、マリアンネ・ベスキバ（一八六九〜一九三四）という女性画家だった。一八九五年、市長になる以前のルエーガーは、彼女に自らの肖像画を描くように依頼した。ベスキバの描いたルエーガーは、白い髭をたくわえ、茶色の帽子をかぶって椅子に腰かけている。日常的な姿を的確にとらえている絵だといえる。

ベスキバとルエーガーとの間で交わされた手紙には、お互いを「天使」、「かわいいクランプス」と呼び合う言葉が見られるが、ベスキバは、ルエーガーを取り巻く女性たちからゴシップ的に扱われることに苛立ちをあらわにすると、ルエーガーは、「オデッセイアを読んだことがあるか？　キルケーやセイレーンなどいないのだ」と返事を書いている。ベスキバとの親密な関係はルエーガーの亡くなる直前まで続いていたのだということだ。

もう一人は、ヴァレリー・グライ（一八四五〜一九三四）という女性だ。もともと軍人の娘でカロリーネ・レヴィーという名だったが、ヴァレリー・グライという名で活躍し、一八八〇年、カノヴァガッセに劇場も造っており、ヨーゼフ・カインツをも教えている。ルエーガーが彼女から演劇作品の上演権の相談を受けたことが、知り合うきっかけだったということだ。そのうち、ルエーガーは、彼女から話し方や修辞法を習うようになった。ルエーガー三十六歳の頃で、すでに「美男カール」と呼ばれていた彼は、次第に彼女と親密な関係になったのだった。その関係は五年間に及んだ。

ところが、ヴァレリー・グライの父はハンガリー出身だったし、しかもユダヤ系だったのだ。ルエーガーが「誰がユダヤ人かは、私が決める」(Wer ein Jud' ist, bestimme ich.) というのが、彼の残した言葉として有名だ。ルエーガーが診てもらっている医師がユダヤ系だったり、顧問のように相談をしている人にユダヤ系の人がいたためだったから、そう言ったのだということになっているが、しかし、ヴァレリーのことでは、「どの女性がユダヤ人かは、私が決める」(Wer eine Jüdin ist, bestimme ich.) ということだったのだ。

ウィーン市庁舎舞踏会でのカール・ルエーガー（ヴィルヘルム・ガウゼ画 1904 年。Wien Museum）。中央左で、鎖状の頸飾をつけているのがカール・ルエーガー市長。

国立歌劇場の立見席

国立歌劇場の炎上

国立歌劇場は、一九四五年三月十二日の空襲によって、大きな被害を受けた。客席や舞台が完全に焼け落ちてしまったのだが、この空襲はアメリカ軍の爆撃隊によるものだった。戦闘機二百機に先導されたフライング・フォートレス（空飛ぶ要塞）という名の四発のボーイングB－17が二百機以上、コンソリデーテッド社製のリベレーター（解放者）という名のB－24が五百機以上で、合計七百機を超えるという大編隊だった。爆弾の総量は千五百トンを越えていて、爆撃は昼前の一時間半にわたって行われた。

本来の爆撃計画では、対象はフロリツドルフの製油所だったとされている。しかしフロリツドルフ製油所は、さほど大きな被害を受けなかった。その代わりに大きな被害を受けたのはウィーン旧市街だった。ゲシュタポ本部のあったモリツィン広場のホテル・メトロポールや、ナチスの事務所のあった、歌劇場の向かいのハインリヒスホーフも爆撃を受けたし、歌劇場裏手のフィリップホーフも、少なくとも五発の爆弾が落ち、完全に倒壊し焼失した。その他にも主要な建物では、ブルク劇場、ウィーン市庁舎、ホーフブルク王宮、メッセパラスト、美術史美術館なども被害を受け、多くのウィーン市民が犠牲になった。
ただ、この爆撃に関しては、いまだに謎の部分がある。アメリカ軍は、雲によって視界がさえぎられ正確な目標がつかめなかったのだとした。しかしオーストリアの軍事史研究で著名なマンフリート・ラウヘンシュタイナーは、アメリカ軍の記録の中に、三月十二日昼ごろのウィーン爆撃の時の写真を発見している。

その写真では、ほとんど雲がないばかりか、ドナウ河、ドナウ運河や橋がはっきりと見てとれ、爆撃に対する対空砲火の煙までも見えるのだということだ。ラウヘンシュタイナーは、「爆撃機が爆弾投下をまだ完了しないうちに方向転換をすることになれば、爆弾はどこかに投下しなければならなかったのだ。この場合には、それは旧市街地区だった」と述べている。フロリッツドルフからウィーン中心部までは、飛行機でたった十五秒しかかからなかったのは確かだ。

いずれにしても、三月十二日の爆撃でウィーン国立歌劇場は、再開まで十年もかかるほどの大きな被害を受けたわけだ。ただこの日に大規模な首都爆撃が行われたのは偶然ではないだろう。一九三八年の三月十二日に、ナチスの親衛隊SSがウィーンに入り、翌十三日には、オーストリアを併合したヒトラーがヘルデンプラッツに面した新王宮のバルコニーに立ったのだった。

ウィーン国立歌劇場でも十二日には併合七周年の記念の行事が行われることになってい て、そのため当日は多くの歌手、音楽家、舞台の設営担当者たちが、歌劇場に集まってい た。空襲が始まった時、彼らはすぐさま逃げたのだが、その中には、ウィーンを代表する名 歌手として知られることになる、セーナ・ユリナッチもいた。

一九六九年に発行された、ウィーン国立歌劇場百周年記念の八枚の切手のひとつにも、『ドン・カルロ』のエリザベッタ役の彼女が描かれているほど有名な歌手だ。幸いなことにカラヤン指揮のザルツブルク音楽祭での『ばらの騎士』の映像が残っていて、今もＤＶＤで見ることができる。この『ばらの騎士』では、ユリナッチは気品ある歌と演技でオクタヴィアンを演じている。

オクタヴィアンは若い男性であるわけだが、女性歌手が演じる。女性が男性役を演じるのは、例えばモーツァルトの『フィガロの結婚』のケルビーノやヨハン・シュトラウスの『こうもり』のオルロフスキーといったように、しばしばあることで、リヒャルト・シュトラウスもその「伝統」の上に立っている。

セーナ・ユリナッチは一九二一年、現在のボスニアのトラヴニクに生まれたクロアチア人だった。一九四二年、ザグレブの歌劇場で、プッチーニの『ラ・ボエーム』のミミを歌ってデビューし、指揮者カール・ベームに招かれて一九四四年ウィーンにやってきた。

ただ戦局が悪化し空襲が日常化する中での生活は、まだ若いユリナッチにとっては大変だったようだ。住む部屋を見つけるまではホテルを転々としていた。というのも、当時は同じホテルに三日以上滞在するのは禁じられていたからだ。住まいを見つけても、そこが空襲で壊れてしまったこともあった。それでも、ウィーンの大空襲のある一九四五年三月十二日には、歌手の仕事で国立歌劇場に来ていた。衣装稽古が行われるためだった。

十時半に、いつものように空襲警報が鳴った。歌劇場のみんなは地下室へと急いで入った。スピーカーから警報解除が告げられ、階段を昇って戻ろうとした時だった。突然、建物全体に振動が響き渡り、壁の漆喰や煉瓦が崩れ落ちてきたのだった。鉄の扉も吹き飛んでしまっていた。

歌劇場には、少なくとも五発の爆弾が落とされたとされている。主に舞台上と舞台裏のところに落ち、客席も大きく破壊されたのだった。もし空襲避難用の地下室が舞台下にあったとしたら、歌劇場の人々は誰も生きていなかっただろうと言われる。

山のような瓦礫と、舞い上がる煙の中をやっとの思いで地上まで昇って行った人々は愕然とした。歌劇場の隣にあったはずのフィリップホーフという建物自体がなくなってしまっていたし、歌劇場そのものも、爆撃によってその大部分が崩壊してしまっていたからだった。

1945 年 3 月 12 日の爆撃で破壊された国立歌劇場内部の客席
(Wiener Staatsoper)

国立歌劇場の立見席

一八六九年五月二十五日、ウィーンの新歌劇場の柿落しが行われた。モーツァルトの『ドン・ジョヴァンニ』が、フランツ・ヨーゼフ皇帝臨席のもとに上演された。舞台の装飾は、当時人気のあった画家ハンス・マカルト（Hans Makart）の絵に見られるような華やかできらびやかな「マカルト風」のもので、プロローグの言葉を朗読したのは、マカルトが描いた絵にもその姿が残っているブルク劇場の有名な女優、シャルロッテ・ヴォルターだった。

十九世紀末のウィーンの都市改造期の建築物の嚆矢ともいえる歌劇場の誕生だった。しかし、この歌劇場も歴史の変遷の中で名前を変えていく。開場時の『ドン・ジョヴァンニ』のポスターを見ると、当初は簡単に「新歌劇場」と呼ばれていたことが分かる。しかしその年の秋には「帝国王国宮廷歌劇場」（k.k. Hof-Operntheater）と呼ばれるようになった。だが帝国自体が崩壊することになる第一次世界大戦を経て、戦後一九一八年十二月には、「帝国王国」とか「宮廷」という言葉は外され、たんにウィーンの「歌劇場」（Operntheater）と名前を変えている。ところが、ナチスドイツに併合された一九三八年の秋からは今に続く名前、

「国立歌劇場」（Staatsoper）にされたのだった。

しかし、国立歌劇場の建物は、第二次世界大戦末期、一九四五年三月十二日の空襲で、甚大な被害を受けている。歌劇場の客席から舞台や舞台裏まで破壊されてしまった。当時の歌劇場内部の写真を見ると、いかに壊滅的な被害を受けたのかがわかる。

第二次世界大戦後、国立歌劇場の再建には十年かかっている。古い歌劇場と比べてみると、大きく異なっているのは最上部のガレリー（Galerie）席にあった柱がなくなっている。しかし古くからの劇場の伝統に従い、客席が馬蹄形に近い円型状に配置されているので、舞台がほとんど見えないか、あるいは全然見えない席は残ってしまったのだった。

ウィーンに私が住んでいた頃、ドイツのテュービンゲン大学に留学していた友人のYさんがウィーンに訪ねて来たことがある。音楽好きで自分でも楽器を演奏する彼は、ウィーン国立歌劇場の演目や座席表をすでに調べていて「最上階のガレリー席に楽譜を読むためのランプが付いているとあるので、値段も安いし、そこの席の予約をしてほしい」と電話がかかってきた。そこで私は、「その席は舞台がまったく見えないですよ」、と返事をしたのだった。

ウィーン国立歌劇場の座席には、実際には舞台への視野が確保できないか、あるいは場合によってはまったく見えない席が、数えてみると三〇〇席近くもある。ロージェ（Loge 桟敷）席でも、両脇から十番まではニ、三列目となると舞台が全部は見えないし、音の点でも一列目よりかなり劣るのは確かだ。しかし、もともと貴族や裕福な人々は、ロージェの一室を借りきって、オペラを見ていたのだから、二、三列目は、御伴の人がいたような場所で、見えなくても何も問題はなかったのだ。

歌劇場の切符は、中央のロージェの前列、平土間前方のパルケット（Parkett）や少し後ろのパルテレ（Parterre）などは、やはりかなり高く、二〇二三／二四年のシーズンでは、最高額は二九五ユーロだ。価格帯の設定は、日本のようにS席、A席、B席と大まかに分け、さらに、かなりの部分をS席としているのとは違っている。ウィーン国立歌劇場の場合、九段階にも分かれている。一列違うだけで、五十ユーロくらいの差があったりすることもある。

ウィーンにいたころ、私は毎週のように、国立歌劇場やフォルクスオーパーのオペラやオペレッタを見に行っていたものだった。当時は、まだインターネットなどはなく、いつも前売券売場まで切符を買いに出向いたのだが、毎週顔を出すもので、しばらくするうちに切符売り場の係の人に、すっかり顔を覚えられて、「あなたの希望は、このあたりでしょう」とガレリー席の中央付近の前から二列目を指して、発券のキーボードを叩いてくれたのを思い出す。

国立歌劇場の観客席の座席数は、座席が一七〇九、車椅子用が四席、その付き添いの人のための席が四席ある。これらは座って見られる座席だが、その他に四三五の立見席がある。

立見席は、一階パルテレ奥、階上のバルコン（Balkon）奥、最上階のガレリー奥の三か所だ。またガレリーには、車椅子スペースが十八席分あるとのことだ。

馬蹄形の劇場の欠点として、上階の舞台に近い両脇の席からは舞台がほとんど見えないのだが、それでも音楽を勉強しているらしい若い学生が、ガレリーの立見席の床に座り込んで、分厚いオペラの総譜を開いて、音だけ聴きながら頁をめくっている姿をよく目にしたものだった。

しかし立見席にも特等ともいえる場所があって、一階奥の立見席（Stehparterre）は、立っていることを除いては、舞台が真正面に見える、これ以上は望めない最高の場所だ。しかも値段は高くても十八ユーロだ。すぐ前で、タキシードやロングドレスなどを着こんで座っている観客にも手が届くような場所だ。そうした、めかし込んだ人たちが払った入場料は、高ければ二〇〇ユーロにもなる。

しかしやはり、特に注目しておかなければならないのは、安い値段で、最高のオペラを聴くことが出来る、立見席の数の多さだ。立見席全体で全座席数の約四分の一にもなるのだ。それは最高の音楽芸術を、若い人々にも出来るだけ親しんでほしいという考え方が如実にあらわれていることに他ならない、と言ってよいだろう。

国立歌劇場とバシリカ・パラディアーナ

国立歌劇場舞踏会（Opernball）は、毎年、四旬節の初日に当たる灰の水曜日（復活祭の日曜日の四十六日前の水曜日）の前の週の木曜日に開かれると決まっている。

前々日の火曜日と前日の水曜日は休演日とされ、舞踏会の準備にあてられる。通常のオペラ公演とはちがって、平土間の客席が取り払われ、舞台と同じ高さの床が設置されて、舞踏会の踊りが繰り広げられることになる。その準備作業には約五百人の作業員がかかわる。必要な時間は三十時間なので、二日間休演されるのだ。

準備には三十時間かかるが、再びオペラ会場にする作業は二十一時間だ。そして舞踏会翌日には、最近では午後二時半から「子供たちのための魔笛」の公演が行われている。

ふだんのオペラ公演での客数と異り、国立歌劇場舞踏会当日に訪れる客は、なんと五五〇〇人にもなる。ある新聞記事によれば、歌劇場全体が一七〇〇ものフラワーアレンジメントと四八〇〇の花束で飾られる。用意されるシャンパンやゼクトは八〇〇〇本、ワインは九〇〇〇本、さらに八〇〇〇のグラーシュ、一八〇〇〇皿のソーセージ、一〇〇〇〇皿のプチ・フールやサンドイッチなどとなっている。

二〇二四年の国立歌劇場舞踏会では、入場券が三九五ユーロだった。ふだんのオペラ公演でも最高額の席は二九五ユーロだったから、入るだけでもそれより高い。さらにロージェの室料は二五五〇〇ユーロにもなる。ドレスコードもあり、男性は燕尾服、女性は舞踏会用ロングドレスと決まっている。そのように着飾った人々が、オーパンバルの夜には、続々と国立歌劇場に集まってくる。ただ、ウィーン国立歌劇場の場合、リング通りに直接面していて、劇場正面には広場がないので、かなりの混雑になる。当日は、地下鉄からの出口も閉鎖されタクシーに乗ってくる人たちも多く、劇場前がいかにも狭く感じられる。

もともとウィーン国立歌劇場は、リング通りに面した数多くの建築物の中でも、最も早い時期に建築された建物だ。例えばヴォティーフ教会は一八七九年に、ウィーン市庁舎は一八八三年に完成しているし、国会議事堂で最初の議会が開かれたのも同じ一八八三年だ。またウィーン大学は一八八四年、ブルク劇場は一八八八年に完成している。

新たな歌劇場の建設は、一八四八年のウィーン革命騒動の前から検討されていて、フェルディナント皇帝も、一八四四年にケルントナー門付近のオペラハウス建設を認めていた。市壁の撤去にともなう都市改造を一八五七年に指示したフランツ・ヨーゼフ皇帝のもとで、新歌劇場建設案の公募が一八六〇年に行われたのだった。

そこで選ばれたアウグスト・シッカルト・フォン・シッカルツブルク（August Sicard von Sicardsburg 一八一三〜一九六八）とエドゥアルト・ファン・デア・ニュル（Eduard van der Nüll（一八一二〜六八）の案によって、リング通りとケルントナー通りの角に一八六三年に建設が開始され、一八六九年に完成している。

建設当初、沈んでいるように見える歌劇場などといった、さまざまな批判にさらされたことは、よく知られている。道路面と建物との関係から埋もれているようにも見えるのも確かだ。ただ、道路面が設計時と一メートル異なって造られたという理由によって、そう見えてしまうという説明もされるのだが、しかし外観は、典型的なイタリア・ルネサンスの伝統を引き継いでいるのは明らかだ。

その影響は、具体的に名前をあげれば、イタリアのパドヴァに生まれたアンドレア・パラーディオ（Andrea Palladio 一五〇八〜八〇）の建物からということになる。たしかにパラーディオの遺した、イタリア北部のヴェネト州の町ヴィンチェンツァの建物、バシリカ・パラディアーナ（Basilica Palladiana）を見ると、並べられたコロネード（Colonnade 列柱）が地表面からすぐのところにある。まるで地面に直接突き刺さっているようだ。そうした点において、シッカルツブルクとファン・デア・ニュルの歌劇場との明らかな類似性が見てとれる。

また、曲線を描くようにつくられた屋根や、正面のファサードを見ても、シッカルツブルクとファン・デア・ニュルは、はっきりとルネサンスのパラーディオの建築法を意識していたことが分かる。さらに、アーチと柱を組み合わせて開口部がつくられたロッジア（Loggia開廊）は、バシリカ・パラディアーナの特徴となっているが、ウィーンの歌劇場建設にあたっては、パラーディオのロッジアを意識したファサード構成がされている。

ただ、バシリカ・パラディアーナのロッジアと異なって、アーチが付けられた開廊の部分には、エルンスト・ユリウス・ヘーネル（Ernst Julius Hähnel 一八一一〜九一）制作の像が五体並んでいる。ヘーネルはドイツのドレスデンの生まれの彫刻家で、ボンにあるベートーヴェン像の制作者としても知られるが、ウィーンでは、シュヴァルツェンベルクの騎馬像を作っている。

さらにまた、バシリカ・パラディアーナと異なるのは、正面に面した屋上部分の左右に大きな騎馬像が置かれていることだ。翼がつけられた二頭の馬に乗っているのは、調和の女神ハルモニアと詩の女神エラトーだ。開廊の五体の像と同じくヘーネルが制作したものだ。

ルドルフ・フォン・アルトの弟フランツ・アルト（Franz Alt 1821-1914）が描いた宮廷歌劇場（Albertina, Wien）

国立歌劇場で美術鑑賞を

ウィーン国立歌劇場は、第二次世界大戦末期、一九四五年三月十二日の空襲で爆撃を受け、一昼夜にわたって燃え続けた。客席から舞台にかけて甚大な被害を被り、再開場まで十年以上の歳月を要するほどだった。

しかし、リング通り沿いに面した劇場正面の部分は奇跡的といってよいほど被害が少なかった。そこで、劇場の正面の入口から入ったところや階段などは、かつての宮廷歌劇場の雰囲気がどのようであったかが分かるところだ。

正面階段部分を含む正面ホールの空間は、ヴェスティビュール（Vestibül）といわれる。これはフランス語の vestibule が語源だ。劇場の場合には非日常の空間に人々を導く重要な場所だ。国立歌劇場舞踏会のときには、祝祭階段（Feststiege）とも呼ばれる正面階段は、多くの花で飾られる。

階段を上って行くと、壁面には大理石の円形のレリーフに、歌劇場の設計者のシッカルツブルクとファン・デア・ニュルの顔が刻まれている。ウィーン生まれの彫刻家のヨーゼフ・

ツェザール（Josef Cesar 一八一四〜七六）によるものだ。

さらにその上にある大きなレリーフは、この劇場で演じられるバレエとオペラをシンボライズしている。制作者はやはりウィーン生まれのヨハン・バプティスト・プレロイトナー（Johann Baptist Preleuthner 一八〇七〜九七）だ。

上を見上げると、天井にかかる部分にはフランツ・ヨーゼフ・ドビアショフスキー（Franz Josef Dobiaschofsky 一八一八〜六七）の絵がある。また、七体の大理石の彫像は、建築、彫刻、文学、舞踏、音楽、演劇、絵画という芸術の七つの分野のアレゴリーだ。大理石はイタリア北西部のカッラーラ産のもので、作者はウィーン造形アカデミーで学んだヨーゼフ・ガッサー（Josef Gasser 一八一六〜一九〇〇）だ。ウィーン軍事史博物館にあるマクシミリアン一世の像もカッラーラ産の大理石で、彼の作品だ。

中央の階段は左右に分かれるが、左に上って行くと大理石ザール（Marmorsaal）といわれるホールがあり、オペラの休憩時間には、軽食をとったり、二人で手を組んだ人たちが、ゆったりと歩いたりしている。よく言われるように、歌劇場を訪れる人たちは、他の客たちを見るために、そしてまた、他の人たちから見られるために歩いているのだ。

中央の階段から左ではなく、右に上っていくと、グスタフ・マーラー・ザール（Gustav-Mahler-Saal）がある。歌劇場の客席からすると、大理石ザールのちょうど反対側の位置にあるホールだ。ここは、私がウィーンに住んでいた一九八〇年代の末には、ゴブラン・ザール(Gobelinsaal)と呼ばれていて、大理石ザールは喫煙可で、ゴブラン・ザールは喫煙不可だったと記憶している。いつから名前が変わったのかと思って調べてみると、一九九七年五月からグスタフ・マーラー・ザールと変えられたのだと知った。

改名の時期が、年初の一月やシーズン初めの九月でなく、なぜ五月だったのか不思議なところだが、グスタフ・マーラーが歌劇場の指揮者として初めて登場したのが一八九七年五月十一日だったからだ。そして彼は歌劇場総監督となったわけだが、それから一〇〇年ということを記念してグスタフ・マーラー・ザールと名付けられたのだ。

この場所は、もともと歌劇場総監督の執務室があったところで、今は、奥のちょうどそのあたりに、ロナルド・ブルックス・キタイ(Ronald Brooks Kitaj 一九三二～二〇〇七)が描くマーラーの絵が掲げられている。

もともとゴブラン・ザールという名だったのは、モーツァルトの『魔笛』にちなんだゴブラン織りが壁を飾っているためだ。このゴブランのデザインをしたのは、歌劇場の緞帳の作者としてよく知られているルドルフ・アイゼンメンガー(Rudolf Eisenmenger(一九〇二～九四)だ。『魔笛』のゴブラン織りの制作にあたったのは、二十人の女性の職人たちで、完成まで六年もかかったのだということだ。

大理石ザール、グスタフ・マーラー・ザールなどの比較的大きな広間よりずっと豪華なのは、皇帝サロン（Kaisersalon）とか宮廷祝祭ロージェサロン（Hoffestlogensalon）と呼ばれていたところで、現在はティーサロン（Teesalon）といわれる広間だ。かつては皇室専用の部屋で、壁面は金箔で覆われている。

天井には『鷲の翼に乗る音楽』というカール・グスタフ・マジェラ（Karl Gustav Madjera 一八二八〜七五）が描いた画が、鮮やかな色彩を保っている。

中央で竪琴を持っているのが、音楽のアレゴリーで、鷲の上に腰かけているように見える。この鷲は「音楽」を天へと連れて行くのだ。頭上の星の冠を持っているのは、ラッパを吹くプットたちだ。彼らは名声と栄誉をシンボライズしている。

柱の左側の、本と筆を手にしている女性は詩や文学のアレゴリーで、タンバリンを手にした右側の女性は舞踏を表している。階段に腰かけているプットたちは、それぞれ建築、絵画、彫刻などを表している。

ウィーン国立歌劇場を訪れるのは、世界でも第一級のオペラを聴き見るためだが、休憩時間に、芸術性豊かな彫刻、レリーフ、織物、壁画、天井画などをじっくりと鑑賞してみるのも面白い。それは国立歌劇場での、もうひとつの凝った楽しみといえる。

国立歌劇場の立見席

カール・グスタフ・マジェラ画の『鷲の翼に乗る音楽』（Wiener Staatsoper）

国立歌劇場のタミーノとパミーナ

国立歌劇場には、いろいろな見どころがあるが、大理石のホール、マーラー・ザール、ティーサロンの他に、シュヴィント・ホワイエ（Schwind-Foyer）といわれる広間も一見の価値がある。オーギュスト・ロダン制作のグスタフ・マーラーの胸像をはじめ、リヒャルト・シュトラウス、クレメンス・クラウス、ヘルベルト・フォン・カラヤン、カール・ベームの胸像が置かれている。

壁面上部には画家モーリッツ・フォン・シュヴィント（Moritz von Schwind 一八〇四～七一）が描いた十六の歌劇や音楽作品の場面の絵が、すぐ下の作曲家の像とともにある。

シュヴィントは、ウィーンに生まれショッテンギムナジウムで学んだ。父は官吏にさせたかったといわれ、まず大学で勉学を始めるが、その後、一八二一年からウィーン造形アカデミーでヨハン・ペーター・クラフトなどのもとで学ぶことになる。彼は、シューベルトやフランツ・グリルパルツァーなどとも親交があったことでも知られる後期ロマン派の画家で、シューベルトのシューベルティアーデを描いた絵なども有名だ。

シュヴィントの十六の絵が掲げられたロビーは、画家の名前にちなんで、シュヴィント・ホワイエと呼ばれているわけだが、彼の描いた絵はどれも半円形の画面だ。こうした半円形はその半月の形から、リュネッテ（Lünette）と言われる。フランス語のluna に由来する言葉だ。

十六のリュネッテは、それぞれの作曲家の作品にちなんだ絵だ。例えばシューベルトについては、『魔王』、『さすらい人』、『家庭戦争』、『ディアナ』などが描かれているのがわかる。シューベルトの『家庭戦争』など、現代ではほとんど上演されない作品も見受けられるのも興味深い。マルシュナーの『ハンス・ハイリング』、フランソワ＝アドリアン・ボイエルデューの『白衣の婦人』、ガスパーレ・スポンティーニの『ヴェスタの巫女』なども、もう上演されることはほとんどないが、ウェーバーの『魔弾の射手』、ベートーヴェンの『フィデリオ』、モーツァルトの『魔笛』など有名な作品もある。

モーツァルトの『魔笛』については、シュヴィントは、さまざまな情景を描いていて、それは一冊の本になっているほどだ。タミーノやパミーナを描いたものが多いが、パパゲーノやパパゲーナ、夜の女王、三人の侍女、三人の童子、モノスタートスも描いている。

シュヴィントがホワイエに描くものとして取り上げたのは、笛を手にしたタミーノとそれに寄りそうパミーナの図だ。この絵を見てふと思うのは、モーツァルトの『魔笛』の時代と場所の設定だ。

『魔笛』は、架空の時代、架空の場所とされている。タミーノは第一幕の冒頭にまず登場し、大蛇に襲われ気絶してしまうのだが、その時、三人の侍女が投槍をもって登場し、大蛇を退治する。そして、タミーノを見つめながら次のように歌う。

　第一の侍女：
優雅な若者よ、やさしく美しい
　第二の侍女：
今まで見たこともないほど美しい
　第三の侍女：
そう、確かに絵に描きたいほど美しい
　三人の侍女たち：
私の心を愛にささげるのだったら
こんな若者であってほしい

この時、タミーノは、「きらびやかなヤヴォーニッシュの狩の衣装で（in einem prächtigen

javonischen Jagdkleide)」登場する、と台本には書かれている。ごく簡単な日本語の解説文などでは、「ヤヴォーニッシュ」が「日本風」と訳され、「狩の衣装」(Jagdkleid) が昔の「狩衣（かりぎぬ）」だとされることがある。

しかしそうした解説には問題がある。「狩衣」というのは、もともとは狩に着た服だったが、平安時代には公家の略服となり、鎌倉時代からは公家、武家とも礼服として使われる衣装となっていったものだ。そしてまた台本にあるのは、「ヤヴォーニッシュ」(javonisch) という語であって、「ヤパーニッシュ」(japanisch) という表記ではない。これを「日本風」と訳してよいのかという問題だ。

たしかに当時、「日本の」という意味で「ヤヴォーニッシュ」という語が用いた例が見られる、という研究はあるとされるが、しかし、そうではあっても、シュヴィントなどがタミーノを描いた十九世紀半ば頃のウィーンの人にとっての「日本」というイメージが、どうであったかを考えてみなければならないだろう。描かれたタミーノの衣装を見ても、明らかに衣服は、遙か東洋の日出ずる国のものではない。そのころ「日本」というのは、いわば未知の「異国」だったのだ。

モーツァルトの台本にある「ヤヴォーニッシュ」という言葉は、遙か彼方の知られざる場所ということを示唆しようとしているのだと、言ってもよいだろう。

同じことは、四区のヴィーデンにあるモーツァルト広場のタミーノとパミーナ像によってもわかる。一九〇五年に彫刻家カール・ヴォレク（Carl Wollek）によってつくられたものだ。ユーゲントシュティール風の彫像で、そのタミーノも、どう見ても「日本風」の衣装ではない。

こうしたタミーノのイメージが二十世紀初頭のオーストリアではごく自然なものだったということは、この像が、モーツァルト没後二〇〇年の記念切手や、かつての五〇〇〇シリング紙幣にも採用されていることからも明らかだ。むしろ、シュヴィントのタミーノから、十八世紀末のオーストリアにおける、世界の広がりについての意識がどうであったのか、という見方をした方が理解がしやすいのだろう。

モーリツ・フォン・シュヴィントが描いた『魔笛』のタミーノとパミーナのリュネッテ（Wiener Staatsoper）

ラートハウスマンとウィーナーリート

ラートハウスマンとウィーナーリート

ウィーン市庁舎の中央の塔の上に立つ「市庁舎の鉄の男」（Der eiserne Rathausmann）ともいわれるラートハウスマンの甲冑は、銅で出来ているので、市庁舎が建設されラートハウスマンが設置された後に歌われた『ラートハウスマン』（Der Rathausmann）という題のウィーナーリートの中では、「銅の男」と歌われている。カール・シュミッター（Carl Schmitter 一八四九〜九七）という即興詩をよく歌った人の作詞作曲で、一番の歌詞は次のようだ。

本当の市民の力を表すものとして
堂々として、立派に
マイスターのヴィルヘルムが
この旗手を造ったのだ
市庁舎の上の塔に
どんな天気でも

嵐で風が強くとも立っている
手にはしっかりと旗を持ち
世界に向かって
ウィーンの芸術と工業の力は
つねに上にあることを告げている
市庁舎の上に立つあの銅の男は
市庁舎の上に立つあの銅の男は

出だしからは四分の二拍子で歌われていく。ラートハウスマン制作のための資金を出した職人の親方ルートヴィヒ・ヴィルヘルム（Ludwig Wilhelm）の名前も入れられている。そして、最後にラートハウスマンのことを歌うところだけが、四分の三拍子になって、とくに印象深く「あの銅の男」（der kupferne Mann）と歌われる。いかにも郷土愛にあふれた歌だ。最初の四分の二拍子にしても、「市庁舎の上に立つあの銅の男は」という四分の三拍子の部分も、いずれもゆったりとしていて、古き良き十九世紀末の雰囲気を醸し出している。

しかし、市庁舎の上に立つラートハウスマンは、その後の、オーストリアという国やウィーンという町の急激な時代の移り変わりを、つぶさに見ていくことになる。

第一次世界大戦によって一九一八年には、約六百五十年も続いたハプスブルク帝国は、崩壊してしまう。そして、一九三〇年代にはファシズムが起こり、一九三八年には、オーストリアはドイツに併合され、オーストリアという国自体が消滅することになる。

併合の時には、ラートハウスマンはウィーナーリートでも利用された。オットー・ホルツァー（Otto Holtzer）が一九三八年に出版した『ウィーンは今ほど素晴らしかったことはない』という歌で、フランツ・シーア（Franz Schier）が歌ったものだ。

シーアは、ヌスドルフのハックホーファーガッセでホイリゲを営んでいて、そこで自らウィーナーリートを歌ったりしていた歌手であり、また後には俳優としても活躍した。彼の歌った『ヌスドルフのお星さま』（'s Nussdorfer Sternderl）などはウィーナーリートのなかでも、よく知られた曲だ。

その彼が歌った『ウィーンは今ほど素晴らしかったことはない』の歌詞では、ドイツ系の民族が多いオーストリアのドイツへの併合の時代をとらえて次のように歌われる。

わがウィーンには、心があり思いがある
あらゆるドイツ人の夢が満たされた
隷従はなくなり、ウィーンは再び自由だ

我々の望みが満たされたのだ
突撃隊が行進する
我らの鼓動も共に高鳴り
目は幸福に輝くのだ
夜には酒場の常連席で
歌が歌われ笑い声が聞こえる
みんな、素晴らしい歌を口ずさむ

ウィーンは今ほど素晴らしかったことはない
なぜなら、ドイツに帰るのだから
どんな苦しみも惨めさも苦悩も消え
今や、喜びと幸せだけがある
鉄のラートハウスマンは、自らのウィーンを
今、とても優しく見ているのだ
そして、シュテファンの塔は笑っている
ウィーンは今ほど素晴らしかったことはない

ウィーン子であることを誇りにしよう

ドイツとの併合の時代を賛美することを目的としたウィーナーリートで、そのために、市民の力の象徴でもあるラートハウスマンが使われたのだ。さらにこの曲が献呈されたのは、ナチ党員であった当時のウィーン市長であるヘルマン・ノイバッハー（Hermann Neubacher）だった。ヘルマン・ノイバッハーは、一八三八年のヒトラーによる併合にともなって、ウィーン市長になった人物だ。市長の首飾りを付けた彼が、ヒトラーを迎えている写真なども多く残っている。

一九三八年四月九日、ヒトラーがウィーン市庁舎で市長ノイバッハーに対して述べた言葉が記録されている。ヒトラーは、「市長！　歓迎を感謝する。これはウィーン市の挨拶であり、また全ドイツオーストリアの挨拶でもあると思う」と始めている。それに続いて「信じてほしいのは、この町は、わが眼には真珠であるということだ。私は、この町をその真珠にふさわしい縁取りの中に入るようにするのだ」と言った。

ウィーン市庁舎内の、当時、ゴブランザールと呼ばれた部屋に掛けられた、植物画でも有名だったカルロス・リーフェル（Carlos Riefel）がデザインし、ハーケンクロイツも描かれた織物の中にも、このヒトラーの言葉の一部までもが織り込まれたのだった。

ラートハウスマンが描かれた古い絵葉書

ウィーン市長リーベンベルク

ウィーンの環状道路沿いの堂々とした建物群は、訪れた人の目をひく。一八八四年に完成したウィーン大学の本館も絵葉書などにもよく登場する。リング通りから右奥に大学本館を写すアングルで撮影されていることが多く、その角度で写されたものには、記念柱のようなものが手前に写り込んでいるカードを見かける。

記念柱の下部にあるレリーフに刻まれているのは、ヨハン・アンドレアス・フォン・リーベンベルク（Johann Andreas von Liebenberg 一六二七～一六八三年九月九日ないしは十日）の像で、トルコ軍の一六八三年のウィーン攻撃の時、ウィーン市長だった人物だ。

一五二九年と一六八三年、この二つの年号をオーストリア人なら知らない人はいない。両方とも、トルコ軍がウィーンを包囲した戦役の年だ。

特に一六八三年の第二次ウィーン包囲では、ウィーンは陥落寸前にまで追い詰められた。キリスト教世界とイスラム教世界との直接的な戦いでもあり、西ヨーロッパがイスラム化するか否かの重要な岐路にあった時であった。

カラ・ムスターファが率いるトルコ軍は、七月ウィーン包囲を始め、十五日には大砲による砲撃を開始したのだった。ウィーン周辺部は、一五二九年のトルコ軍第一次ウィーン包囲の時と同様に焼き払われてしまい、すでに人々は逃げ出していた。

トルコ軍は三十万人もの軍勢でウィーンに押し寄せていた。トルコ軍のテントは二万五千張を数えたのだが、テントの中にいたのは、兵士たちだけでなく、パン職人、服職人、ラクダやラバによる物資運搬人もいたし、米、小麦、大麦、香辛料、野菜などを扱う商人たちもいたのだった。さらに軍の士気を鼓舞する楽隊をも伴って、ウィーンを陥落させようとしていたのだ。

三十万のトルコ軍に対して、ウィーン防衛で戦っていたのは、わずかに一万七千人だけだった。その司令官は、皇帝レーオポルト一世から任ぜられたエルンスト・リューディガー・フォン・シュタルヘムベルク（Ernst Rüdiger von Starhemberg（一六三八～一七〇一））だったが、さらにこの戦いで、後に名を残すことになったのが、当時のウィーン市長リーベンベルクだった。

第二次ウィーン包囲の時にウィーン防衛で戦ったクリスティアン・ヴィルヘルム・フーン（Christian Wilhelm Huhn）が、一六八三年七月七日から九月十二日までのことを一七一七年に記した記録の中に、市長リーベンベルクについての記述が残っている。

リーベンベルクは、「続いていく包囲の中、いたるところで良い指示を与えたのであったが、しかし、すべての市民達にとってきわめて残念なことながら、死去してしまったのだ」と書かれている。

皇帝レーオポルト一世に支援要請を受けたポーランド王ヤン・ソビエスキが援軍として、カーレンベルク方面からトルコ軍を襲い、九月十二日、トルコ軍はウィーンから退去していく。しかし、リーベンベルク市長は、その少なくとも二日前には亡くなっていて、自らの目でトルコ軍退去を見ることはできなかった。

その後、リーベンベルク市長の名前は、第二次トルコ軍包囲から百年後の一七八三年、聖職者であり教師でもあったゴットフリート・ウーリヒ（Gottfried Uhlich）が記した文章に現れる。戦闘にあたって市長自ら、防御のための防塁を造るべく作業に加わり、「手押し車に土を積み込むことで、他の者たちに範を示した人の一人であった」。

そしてさらに九十年後の一八七三年になると、市民意識の高まりとともに、市民の代表としての市長であったリーベンベルクを、あらためて高く評価しようという傾向が顕著になる。ウィーン市庁舎の完成式が一八八三年九月十二日に、トルコ軍退去から二〇〇年ということにあわせて行われたが、この日、リーベンベルクについての二つの記念碑の除幕も行われている。

ひとつは、リーベンベルク市長の住いのあったアム・ホーフ（Am Hof）七番地の建物につけられた記念板であり、もうひとつが、大学前のメルカー・バスタイのところにある記念柱だった。

メルカー・バスタイに記念柱が建てられたのは、トルコ軍との戦闘が最も激しく行われた一角でもあったからだ。当時、トルコ軍がウィーン中心部に塹壕のようなものを作りながら迫っていた様子は、古い図を見てもよくわかる。

また、一八八三年には、リーベンベルク市長を讃える音楽も作曲されている。ヨーゼフ・バイヤー（Josef Bayer 一八五二〜一九一三）は、トルコ音楽風の部分とオーストリア風の部分とから構成される『リーベンベルク行進曲』を作った。

さらに『ウィーンに』という題名の賛歌が作られている。新聞の編集者でもあったテオドーア・シュタルツェングルーバー（Theodor Starzengruber）作詞で、作曲はウィーナーリートを集成した『クレムザー・アルバム』でも知られるエドゥアルト・クレムザー（Eduard Kremser 一八三八〜一九一四）だ。その三番の歌詞は次のようだ。

市民の勇気、力、そして大胆なる勇敢さ
市民の誠実さは

困難な時にあっても成しうるのだ
この記念碑は子孫に語り継ぐ
市民の心が故郷の町に奉げるのだ
より高い目標を目ざし務め
いっそうの名望を得るようにすべきだ
栄誉に縁どられた旗を誇り高く掲げよう
幸いあらんことを
偉大で自由なるウィーンよ

ウィーン大学を背景にし、リーベンベルクの記念碑を写した古い絵葉書

ウィーン市庁舎公園

市庁舎前の広場は、ウィーンで大きなイヴェントが開かれる場所だ。冬にはウィーン最大のクリスマス市が開催されるが、夏にも、ここのところずっとウィーン・フィルム・フェスティヴァル（Wiener Film Festival）が毎年開催されている。三十年以上前から続いていて二〇二四年で三十三回目を数える。二〇二三年には約七十二万五千人の来場者が訪れたということだ。すっかり恒例となったこのフェスティヴァルは、二〇二三年の日程だと、七月初めから九月初めまで、二か月間にわたって開かれていた。

五月から六月にかけて一か月あまり開かれるウィーン芸術週間（Wiener Festwochen）に続く、ウィーンの重要なイヴェントになっている。

ウィーン・フィルム・フェスティヴァルは、フィルムとはいっても、ウィーンらしく、主に音楽関係・オペラ関係の映像が流される。

例えば、二〇二三年のイヴェントでは、ポピュラーなら、グレゴリー・ポーター、リタ・オラ、ワン・リパブリック、サム・スミス、エリック・クラプトン、ルイス・キャパルデイ、スティング、ブラック・アイド・ピーズ、レディー・ガガ&トニー・ベネット、ピンク・フロイド、ファルコのシンフォニック・ライブなどの映像が流された。
クラシックの面では、ウィーン国立歌劇場の『トスカ』、『椿姫』、『ペール・ギュント』、『ラ・ボエーム』、『ドン・ジョヴァンニ』、『ファルスタッフ』、『ファウスト』、『白鳥の湖』、ザルツブルク音楽祭での『魔笛』、アン・デア・ウィーン劇場の『フィデリオ』、ミラノ・スカラ座の『くるみ割り人形』、二〇二三年元旦のウィーン・フィルの『ニューイヤー・コンサート』、ヨナス・カウフマンの歌、アンネ=ゾフィー・ムターの演奏などを聞くことができたのだ。

市庁舎前の野外が会場で、一〇〇〇平方メートルもある巨大なスクリーンに映し出されるが、もちろん周囲が暗いほうが見やすいので、日没のころを待って、上映が始められる。

六月末から九月初めまで、二か月ほどの期間で開催されるわけだから、当然、六月と九月では日没の時間もかなり違う。そのため夏至に近いところが開始時間が一番遅い。

上映開始時間は、二〇二三年の開催時間の記録によると、ほぼ次のようになっている。七月九日までは二十一時三十分開始、七月十日から七月三十一日は二十一時四十五分開始、八月一日から十三日は二十一時ちょうど開始、八月十四日から二十二日までは二十時四十五分開始、八月二十三日から九月三日にかけては二十時三十分開始となっていて、季節の移り変わりに合わせて、十五分刻みに早くなっていく。何事も大まかに思えるウィーンだが、こうしたところは意外にきめ細かい。

このように、さまざまなイヴェントが行われる市庁舎前の広場だが、イヴェント用広場として構想されたというわけではなかった。市庁舎の前に立ってみると、大きな公園が左右に広がっているのがわかる。

もともと、現在、市庁舎や公園があるあたりは、ウィーン中心部を取り巻く市壁（バスタイ）の外側の、ヨーゼフシュテッター・グラシーという名の斜堤があったところだ。ヨーゼフシュテッター・グラシーの広々とした空間は、一七八三年以来、軍の練兵場・閲兵場として使われていた。練兵場といった性格から、ここは木々が植えられることもなく、さらに中を貫く立派な道路も造られることはなかった。

しかし、町自体が発展していく中で、市の中心部と周辺部との間の人の往来も増えていく。そのため簡単な歩道や柵が設けられ、夜間のために照明も設置されたものの、軍の閲兵式などがあれば、撤去されなければならなかった。

グラシーは、市の中心部と周辺部との相互の通行にとってむしろ障害となっていた。雨が続けば、泥沼のようになってしまい、また晴れた日が続けば、土埃が舞い上がり、市街に降ってくるのだった。

後にウィーン市長となるカエタン・フェルダー（Cajetan Felder 一八一四〜九四、市長在任は一八六八〜七八）は、ヨーゼフシュタットに住み、現在のブルク劇場の北側にあるタインファルトシュトラーセ（Teinfaltstraße）に通勤していたが、彼もヨーゼフシュテッター・グラシーの通行に難儀をしていた一人だった。

フェルダーは、自伝の中で、ここは「殺風景な荒地」だったと、次のように書いている。「乾燥した天候状態では、砂漠だった。町に砂埃をもたらす主たる原因だった。雨が降り続けば沼地になり、冬には凍った池になった」。

練兵・閲兵場をどのように変えるかは議論があったが、ここに新しい市庁舎を建設することが決まったため、市庁舎前の公園も、フェルダー主導でつくられることになったのだった。約四万平方メートルある市庁舎の公園の造園は、シュタットパルクの設計も行ったルドルフ・ジーベック（Rudolf Siebeck）が担当した。

北と南の二つにシンメトリックに分割され、シュタットパルクと同じように、フランス式ではなくイギリス式の造園方法で、自然に曲がった小径を活かしている。市庁舎の設計者フリードリヒ・フォン・シュミット（Friedrich von Schmidt）は、公園から市庁舎の建物の眺望が確保されるようにと、背の低い木々を植える希望を出したのだということだ。市庁舎公園の完成は一八七三年で、市庁舎の建物自体の定礎も、六月十四日に同時に行なわれている。

市庁舎公園の記念像

ウィーン市庁舎前の公園は、イギリス式庭園の特徴を持ち、道はゆったりとした弧を描いている。木々に囲まれた道をたどっていくと、ヨーロッパでは珍しいイチョウの木もある。それ以外にも、輸入されたとされる木も多い。記念樹としては、皇帝フランツ・ヨーゼフ在位五十年記念に、一八九八年植樹された菩提樹もあるし、市長カール・ルエーガーのために植えられたというナラの木もある。

そして木々の間の所々に、いくつもの記念像が建てられている。外国人でも知っている有名な人の像もあるが、あまりなじみのない人の像もある。散歩をかねて、少し見てみよう。

リング通り沿いに近い、ウィーン大学から一番すぐの場所には、首から下は腕も手もない顔だけの像がある。地面に近いところにアドルフ・シェルフ（Adolf Schärf 一八九〇～一九六五）と書かれている。この像は、アルベルティーナ広場の「戦争とファシズムに反対する記念碑」の作者、アルフレート・フルドリチュカ（Alfred Hrdlicka 一九二八～二〇〇九）の作で、一九八五年に建てられたものだ。アドルフ・シェルフという人については、オーストリアの歴史に詳しい人でないと知らないかもしれない。シェルフは第二次世界大戦後、一九五七年から亡くなるまで大統領だった人物だ。オーストリア社会民主党の政治家で、一九三八年のドイツへの併合は、オーストリアにとっては「死である」と決然と発言したことは有名だ。

シェルフ像から、道に沿って進むと、エルンスト・マッハ（Ernst Mach 一八三八～一九一六）の胸像がある。エルンスト・マッハは、アインシュタインなどの相対性理論の構築に大きな影響を与えた物理学者だ。音速をあらわす単位にも、マッハ一、マッハ二などと、その名前が使われていることでも、私たちになじみがある。マッハ像は、彫刻家ハインツ・ペテリの制作で、一九二六年六月に除幕されている。第二次世界大戦末期に被害を受けたが、一九四九年に再建されたものだ。

マッハ像から、そのまま市庁舎に向かうように道を歩いていくと、フェルディナント・ゲオルク・ヴァルトミュラー（Ferdinand Georg Waldmüller 一七九三～一八六五）の像がある。筆を手にしたヴァルトミュラーの背後に母子像が置かれ、母親はヴァルトミュラーが描くところを覗き込んでいるという、ちょっと変わった像だ。制作者は画家でもあり彫刻家でもあったヨーゼフ・アントン・エンゲルハルトだ。ヴァルトミュラーは、「ウィーンの森の画家」ともいわれることがあるように、十九世紀半ばのウィーンの市井の生活や森に働く人々を多く描いたことで知られ、彼の描く人々の生活は、当時の様子を伝える貴重な資料的な価値が高い。市庁舎公園の北側の木々の中に立つ像は、この三体だが、反対側の南側の木々の中にも、いくつかの記念像がある。

リング通り沿いの南端にあるのはカール・レンナーの像で、頭部だけが中央に置かれ、周囲はまるで鳥かごのような金属で囲まれている。彫像は公園北側部分にあるシェルフ像と同じフルドリチュカの作で、全体の構想は建築家ヨーゼフ・クラヴィナによるものだ。

レンナー像から、公園の西方向に行くと、奥まったところに、ヨハン・シュトラウス（父）（Johann Strauss（Vater）一八〇四～四九）とヨーゼフ・ランナー（Joseph Lanner 一八〇一～四三）の二人が並んだ像がある。彫刻家フランツ・ザイフェルトによるもので、当初は、現在の七区に設置されることが考えられたが、一九〇五年六月、この市庁舎公園で除幕された。

ワルツの都ウィーンの原点ともいえる、この二人の像は、シュタットパルクのヨハン・シュトラウス（子）の像ほど有名ではない。息子の金色の像の前には、カメラを手にした人たちが群がっているが、父の方のヨハンの像を写真におさめようと市庁舎公園にまで、やってくる人は少ない。

目立たない場所にあるし、二人の像の背後の囲いのようなものが大きいため、公園の外側から見ると、有名な像があるようにも見えない。世紀末の建築家オットー・ワーグナー（一八四一〜一九一八）も、「モニュメントの後ろの部分は、シュタディオンガッセから見ると、春先や冬にはトイレのように見える」と語ったということだ。

シュトラウスやランナー像ほど奥まったところでない、公園の南側部分のちょうど真ん中にあたるあたりの広々とした芝生の中にあるのが、ヨーゼフ・ポッパー＝リュンコイス(Josef Popper-Lynkeus 一八三八〜一九二一）の胸像だ。哲学者だが、技術者、発明家、作家など多彩な面で活動をした人物だ。フーゴー・ターゲラングが制作した像で、一九二六年に除幕されたが、一九三八年に撤去されてしまったものだ。ナチスドイツへの併合の時代、ユダヤ人の像は取り除かれ、道路名からもユダヤ人の名前が消えていったのだった。

『一九三八年のウィーン市の行政』という文書には次のような記述がある。

「ウィーンの都市の姿における不面目を除去する活動において、ユダヤ人を表す、ないしはユダヤ人によって制作された、以下の記念像は撤去された」と書かれている。その中には、ヨーゼフ・ポッパー＝リュンコイス像も含まれていた。

しかし、戦後の一九五一年、幸い残されていたポッパー＝リュンコイスの石膏のモデルを使って、新たに像は作り直されたのだった。そのようにしてウィーンの人々は、戦争の時代への決別の意志を表しているのだ。

八人の煙突掃除人

ウィーン市庁舎前の広場は、いつもさまざまな催しが行われ、にぎわっている。公園となっている中にも、多くの彫像がそこかしこにあるが、最も目立つのは、リング通りの正面から入っていったところに並んでいる八体の大理石像だ。

いずれもオーストリアの歴史の中で、重要な役割を演じた人々だ。リング通り側から左の四体を見ていくと、ハインリヒ二世、ルドルフ四世、エルンスト・リューディガー・フォン・シュタルヘムベルク、フィッシャー・フォン・エルラッハと並んでいる。

ハインリヒ二世（一一〇七〜七七）は、ヤソミルゴットとも呼ばれ、一一五五年ウィーンを首都とした人物だ。ルドルフ四世（一三三九〜六五）は、建設公とも呼ばれる。ウィーン大学の創立者で、ハプスブルクの礎をつくっている。エルンスト・リューディガー・フォン・シュタルヘムベルクは、一六八三年のオスマントルコの第二次ウィーン包囲の際、司令官としてウィーン防衛に軍功があった人物だ。フィッシャー・フォン・エルラッハ（一六五六〜一七二三）は、カール教会などもつくった、バロック時代随一の建築家だ。

右側にはレーオポルト六世、ニクラス・ザルム、レーオポルト・コロニチュ、ヨーゼフ・ゾンネンフェルスと並んでいる。

レーオポルト六世（一一七六～一二三〇）は、バーベンルク家の人物で、自らも十字軍に参加した。栄光公とも呼ばれる。ニクラス・ザルム（一四五九～一五三〇）は、一五二九年のトルコによる第一次ウィーン包囲の際、防衛に功績があった。レーオポルト・コロニチュ（一六三一～一七〇七）は大司教で、トルコによる第二次ウィーン包囲の際には僧院内に臨時の病院を開設し、戦後は孤児の世話も行った。ヨーゼフ・ゾンネンフェルス（一七三二～一八一七）は啓蒙時代の小説家であり、また法学者でもあった人物だ。

これらの左右に四体ずつ整然と並んでいる像については、一〇〇年以上前からあったということは、古い絵葉書などをみてもわかるが、ただ詳しく調べてみると、これらの像は、市庁舎が造られ、市庁舎前の広場が出来上がった頃からあったものではないのだ。さらには八体の像のことを、ウィーンの人は「八人の煙突掃除人（Die acht Rauchfangkehrer）」と方言風の言い方で、言うことがあるのだといった話も耳にした。

では、もともとこれらの像は、いったいどこにあったものなのだろうか。また、なぜオーストリアの歴史上で重要な人物たちを「煙突掃除人」と呼んだりするのかという疑問が出てくる。

じつは、これらの像が最初に設置されていたのは、ケルントナー門と郊外をつなぐところにあったエリーザベト橋（Elisabethbrücke）の上であったのだ。この場所はウィーン川を越えて市内と外とを結ぶ重要な場所だったので、すでに一二一一年には木製の橋が架けられていたという記録がある。そして一四〇〇年代初めには石の橋が造られていた。それは「ケルントナー門のそばの石橋」と呼ばれていた。その後、一八五四年の皇帝フランツ・ヨーゼフとエリーザベトとの婚礼に合わせて橋は再建され、名前もエリーザベト橋とされ四月二十三日開通した。

八体の大理石像が橋につけられたのは、それから十三年たった一八六七年のことで、ウィーン市の財政的な援助のもとで、ウィーン造形芸術促進連盟によって行われた。

しかし、このエリーザベト橋は現在はない。ウィーンの大規模な都市改造の中で、エリーザベト橋の下を流れていたウィーン川の暗渠化工事が進み、一八九七年四月に閉鎖され、その後撤去されたからだ。

橋がなくなってしまったので、八体の大理石像は、しばらく、近くのシュタットバーン鉄道のカールスプラッツ駅のそばに置かれていた。シュタットバーン鉄道は、のちに電化され、現在では地下鉄になっているが、当時はまだ蒸気機関車で運行されていたのだった。

そのためカールスプラッツ駅近くに置かれた大理石像は、汽車の煙突から吐き出される煙の煤で、すっかり黒ずんでしまった。そこでウィーンの人たちは、ふざけて「八人の煙突掃除人」と呼んだのだった。

この八体の像は、しかし一九〇二年に蒸気機関車の煤から離れて、市庁舎広場に移されることになる。市庁舎の中庭に置くことも検討されたというが、結局、今ある中央広場両側に置かれることになったのだ。だが、八体のうち一体だけ、第二次世界大戦の一時期、市庁舎広場から撤去されていた像がある。

それは、ヨーゼフ・フォン・ゾンネンフェルス（Joseph von Sonnenfels）の像だった。ゾンネンフェルスはユダヤ系だということで、ナチスが市庁舎前から撤去させたのだった。その代わりに置かれたのは、音楽家のクリストフ・ヴィリバルト・グルック（Christoph Willibald Gluck）の像だった。

しかし現在では、ゾンネンフェルス像は市庁舎広場に再び設置され、当初からの八体が並んでいる。では、ゾンネンフェルス像の代わりに市庁舎広場に置かれていたグルック像は、いったいどこに行ったのだろうか。

現在グルック像は、エリーザベト橋があった近くの、カール教会の右にひっそりと置かれている。ただ、このグルック像が、かつてナチスの時代には市庁舎広場にあったのだということを知る人は少ない。

左右に４体ずつ８体の彫像が立つウィーン市庁舎前の広場を写した絵葉書（1915年）

帝国王国宮廷御用達製靴師

帝国王国宮廷御用達製靴師

ウィーンでは、かつてのオーストリア帝国の紋章である、双頭の鷲を掲げている店が少なからずあるが、その中でも、紋章が大きなところといえば、ブロイナーシュトラーセにある靴店だろう。ブロイナーシュトラーセは、グラーベンから南に入って行く狭い通りなので、観光客の姿はグラーベンに比べると極端に少なくなる。

十九世紀前半のビーダーマイヤー期の雰囲気を漂わせる通りに面した靴屋の名前は、ルドルフ・シェール・ウント・ゼーネ（Rudolf Scheer und Söhne）という。名前のルドルフと姓のシェールの真ん中に、かなり大きなオーストリア帝国の紋章、双頭の鷲が掲げられている。

堂々とした紋章にはラテン語でViribus Unitis（力を合わせて）と書かれているが、これは皇帝フランツ・ヨーゼフの用いた標語で、皇帝の紋章にはいつも付けられていたものだ。さらに紋章をはさんで、帝国王国宮廷御用達製靴師（k.u.k.Hof-Schuhmacher）と記されている。

正面には中央の入口の両側に木製の落ち着いたショーウィンドウがある。量販中心の靴屋とはまったく雰囲気が違う。中をのぞいてみても、少し暗めのウォールナットで壁はおおわれ、シャンデリアの下には、トーネットのテーブルや椅子が置いてあるだけだ。

この空間に入った客は、博物館の一室の中にいるかのように、まるで時が止まってしまった錯覚を覚えるかもしれない。すぐに女店員が客を出迎えるわけではなく、奥の壁には「どうぞ階上へお越しください」と書かれているだけだ。

この靴店の前を通っても、店に客の姿をほとんど見ることはない。それもそのはずで、年間でも約三〇〇足しかつくらないのだそうだ。客が訪れると、まず客の話を聞くことから始め、足の計測をしてから木型の製作に取りかかる。電動の道具など使わず、すべて手造りで靴が作られていく。

客は靴を手にするまで、三回店を訪れなければならない。洋服でいえば仮縫いに相当するようなことが行われるからだ。途中の調整が済めば、もうあと何日かで出来上がるかというと、そうではない。丁寧に縫い上げられた靴の仕上げには、クリームを十五回ほどに分け時間をかけて塗りこんでいくからだ。

そこで、一足の靴が出来上がるまでに、約半年はかかる。価格の点でも超一流で、一足で数千ユーロもするのだという。ルドルフ・シェール・ウント・ゼーネの靴といえば、フェラガモ、ジョン・ロブ、ベルルッティ、ルイ・ヴィトンなどと並んで、世界で最も高い靴の十指のなかに数えられる。

このウィーンを代表する靴店の歴史は、一八一六年にさかのぼり、現在では七世代目ということになる。創業者のヨハン・シェールの孫にあたるルドルフ・シェールが、一八七三年のウィーン万国博覧会で賞を受け一躍有名になり、オーストリアの貴族たちや王宮、さらにはドイツ皇帝ヴィルヘルム、そしてギリシア、ルーマニア、セルビアなどの王たちからも注文を受けるほど、広くヨーロッパでも、その名が知られるようになっていったのだった。

ルドルフ・シェールは、一八七八年から「帝国王国宮廷御用達製靴師」という称号を受け、皇帝フランツ・ヨーゼフの靴もつくったし、オーストリア軍の司令官たちも、かならずシェールの長靴を履いていたのだった。そのころは、この店の最も繁栄した時で、三十人もの職人たちが靴づくりを行っていた。

皇帝の靴を作るには、当然、その足を測ることから始めなければならないので、皇帝の間近での作業が必要だったわけだが、ルドルフ・シェールは、謁見にあたっての作法である、皇帝の部屋からの後ずさりしての退出をしなかった、という逸話も残っている。

一八九九年からはルドルフの二人の息子、カールとエドムントが経営に加わったので、店の名前も、ルドルフ・シェール・ウント・ゼーネとされた。ルドルフは一九〇五年まで店の経営を行ったが、その後は息子たちが引き継いだ。宮廷御用達の称号は、一九〇六年あらためて与えられたのだった。

第一次世界大戦でのハプスブルク帝国の崩壊は、店にとっても危機であったのは確かだ。しかし、顧客であった、かつての貴族たちや裕福なユダヤ人たちが、第一次大戦後も店の有力な客であることに変わりはなかったため、経営への打撃はあったものの何とか生き残ることができたのだ。

そうした顧客層からわかることだが、実は、店にとっての一番の危機は、一九三八年のドイツへの併合だった。オーストリア・ファシズムに代わって、ヒトラーのナチズムとなったため、多くのかつての貴族たちやユダヤ人たちが去っていったからだ。

第二次世界大戦後の大量生産の時代にあっても、ルドルフ・シェール・ウント・ゼーネ靴店はむしろ手作りの最高級品を作り出そうとしている。時代に取り残されるのではないかという思いによって焦ることなどなく、むしろ、速すぎる時の流れをやり過ごすことに誇りすら持っているような、ウィーンそのものを感じさせる。

ルドルフ・シェール・ウント・ゼーネ靴店では、現在も、十九世紀末と同じように、ほとんど電気を使った機械は使わない。ゆったりと時間をかけながら、一足の靴が作り出されていく。靴縫い用のミシンも電動ではなく、店にある電気を使ったたったひとつの道具といえば、コーヒーのエスプレッソ・マシーンなのだとも言われている。

靴屋の職人の反乱

ウィーンには、かつては多くの職人を抱えていたと思われる靴屋は、もうあまり残っていない。そのかわり、チェーン店になった靴屋の派手な看板は、よく目につく。百年や二百年前の歴史なら簡単に思い起こされることが多いところなのに、やはり、時の移り変わりは、さまざまなところに現れてくる。もともとヨーロッパでは、中世から、靴屋といえば、ワーグナーの『ニュルンベルクのマイスタージンガー』などからもわかるように、職人の代表的な仕事だった。その第三幕の前半は、靴屋の親方ハンス・ザックスの仕事場が舞台だ。

親方（マイスター）の下には職人たちがいて、さらにその下に見習いがいるというように、職階もはっきりとしていた。こうした職人制度は同業者組合（ツンフト Zunft）という組織によっても護られていた。『マイスタージンガー』の第三幕の第五場には、靴屋の組合、仕立て屋の組合、パン屋の組合など、さまざまなツンフトが登場するが、そもそも手工業を営もうとするものは、こうしたツンフトに属していなければならなかったのだ。

またウィーンの場合には、ツンフトに入るにはウィーン市民でなければならなかった。帝国各地からの移住者が増加した十八世紀になっても、この決まりは守られていた。そこで、ウィーンへ仕事を求めて移り住んできた人々も、なかなか定職を見つけることが出来ずに、その日暮らしの生活で、物乞いのようなことで暮らしていく以外になかったのだった。

十八世紀前半は、経済的には二面性を持っていた。好況であったともいわれるが、富は一部の人たちだけに集中し、一方、戦争のため国家の財政支出はかさんでいった。増え続ける支出は税金によってまかなわれたが、それを主として負担していたのは一般市民層で、たえず上昇する物価は、豊かでない人々の生活を圧迫していった。

ツンフトに属する手工業者たちは、数も限られていたので、組合人同士お互いに競争して商売をしなければならないという意識などは毛頭なく、例えば靴屋も、良い靴を出来るだけ安く作ろうとも思わなかったのだった。

『マイスタージンガー』の中で、靴屋たちは、

聖クリスピンをたたえよう
彼は聖者であったが、靴屋は何ができるかを示した
貧しい人には暖かい靴を作ってやった
革をくれる人がいないなら

盗んできてでも作ったのだ

と、貧者のために、ただで靴を直したという靴屋の守護聖人クリスピンを歌っている。

歌にあるように、クリスピンが盗みをしたと言い伝えられ、それは聖人について書かれた本にも、しばしば出ている話なのだ。しかし、聖人が盗みをはたらくというのは、どうみても変だと思って調べてみると、もともと、現代語では stellte（供した）という意味の stalt と書かれていたのだが、この stalt を stahl（盗んだ）と誤読したためらしいのだ。

ところで話を靴屋に戻すと、ツンフトに護られた靴屋たちは、客には高い値段の品物を売り、その一方で、使用人の職人たちには低い給料しか払わなかった。そしてどの靴でも、同じような物なら、どこの靴屋に行っても同じように安くはない値段でしか売っていなかったのだ。そのため、ほとんどのウィーンの人たちは、靴の値段が高いので、一足しか持っていないのがふつうで、それを修理しながら何年も履きつづけなければならなかった。

靴屋に雇われている職人たちも、別の親方のところに移ったとしても、給料はまったく変わらなかった。しかも別の親方のところに移ろうとする職人は、自分を使用していた親方から、「推薦状」をもらわなければならない、との政府からの指示も一七一二年に出されていて、職人たちに対する締め付けは、厳しくなる一方だった。

そこで一七一五年、靴屋の職人たちは低賃金に対して反乱を起こすが、当局により阻止され、首謀者は捕らえられ町から追放されてしまう。しかし一七二二年、再び靴屋の反乱が起こった。七月二〇日には、一種の秘密組織を作っている職人たちに対しては、厳しい処罰をもってあたる、との皇帝の布告が出され、それによって威嚇をしようとした。だが、十月二十一日、フライウングのレンガッセの角にあった「金の駝鳥亭」に集結した靴屋の職人たちは、ふだんから彼らが快く思っていなかった親方の店を襲撃し火までつけたのだった。

当日の当局の布告では、靴屋の職人たちの行為は「不快極まる」とし、政府の命令に反抗する者は「厳罰に値する」とし、また「何らの理由もなく、まさしく邪悪なる意志と危険なる意図をもって、自らの職場を放棄し親方のもとを去ったのである」と述べている。皇帝自身も、「すべての靴屋の職人は職場に戻るべきである」と言ったとされている。

しかし反乱はウィーン郊外にまで広がっていき、射殺も許可するとの指示も出され、また職人たちに集結の場を与えた料理屋などに対しては、苦役の罰をもって処罰する、との布告も出たのだった。実際、この騒ぎで、靴屋の職人三人を含む七人が射殺されている。騒乱状態に陥ったウィーンを守るため軍隊も召集された。靴屋の職人の反乱に対しては、流血をもって鎮圧されたのだった。その月の三十一日、二人の靴屋の職人が、反乱罪のかどで、ホーアー・マルクトの広場で、衆人環視のもとで絞首刑に処せられたのだった。

靴屋の職人を描いたヨースト・アマン（1539～91）の木版画

石炭の運び屋

ウィーンの古い建物の屋根を眺めているだけで、気持ちが落ち着くような気がする。古びた瓦の色合いにも趣がある。冬には、屋根に降り積もった雪のあいだに見える煙突から、暖炉の煙が白く立ち昇っている。ただ最近はセントラルヒーティングが広まっていて、暖炉や、薪や石炭のストーブだけという家庭は少なくなっている。

私がウィーンで住んだアパートも、大きな洋室には電気蓄熱式ヒーターがあり、寝室にはオイルヒーターが置かれていて、キッチン兼食堂には、薪を燃やす小さな暖炉もあった。ただ、この暖炉で薪を燃やしてみようと何回か挑戦したのだったが、薪を燃やす暖炉を扱ったことがなかったので、なかなかうまくいかなかったことを思い出す。

ところで、夏休みが近づいたころだったが、大家のY氏が「先生、いつ夏の旅行に出かけるんですか?」としきりに聞くので不思議に思ったが、セントラルヒーティング工事の予定をどこに入れようかと考えているからだということだった。

夏休みに十日ほど旅行してウィーンに戻ると、セントラルヒーティング工事もすっかり終わっていて、次の冬は、快適に過ごせたのを思い出す。

古くは、暖房といえば薪などを燃やすものしかなかったわけで、燃料となる木を集めるのも大変だった。ウィーンなどの都会では、冬には薪も不足することがよくあった。そうした時に、一般の家でも石炭や褐炭を用いることが考えられるようになった。

一七九二年には皇帝フランツの指示により石炭による暖房が促進され、ウィーン市当局も石炭の購入に関する告示を出している。その後、実際、石炭による暖房は急速に広まり始め、石炭の消費量も増加していく。価格は一七九九年には、一ツェントナーあたり三十クロイツァー、一八〇四年には五十クロイツァーだった。ツェントナーとは重さの当時の単位で、ウィーンでは約五十六キロだった。

十九世紀に入ってしばらくすると、鉄製のストーブが多くつくられるようになり、本格的な、石炭暖房の時代が始まったのだということだ。さらにその後、コークスがストーブに用いられた。これはガス製造工場ができたためだった。当初、ガスは街路などの照明用に生産されていた。

石炭を、乾溜と呼ばれる蒸し焼きにし、その時、水蒸気を加えると可燃性のガスが取れる。こうして都市用ガスがつくられるのだが、残ったコークスは、炭素の純度が高く、高温度で燃焼する。そのため暖房用にも適していたのだ。

現代では、ガスの普及によって、コークスはほとんど用いられなくなっているが、日本でも昔、学校のストーブによく使われていたのを思い出す。

一八五二年当時、ウィーンの新聞に載った広告を紹介してみよう。

「安価で卓越した燃料であるコークスは、当地のガス会社で手に入れることができます。ガス照明会社が生産する燃焼材料に御注目いただきますようお願い致します。メッツェンあたりの価格は三十四クロイツァーです。」

メッツェンとは、やはり重さの単位で、約四十九キロだ。ただ、石炭価格の変動は激しく、一八六七年には百キロあたり二グルデンだったが、一九一四年には四クローネン四十ヘラー、一九一八年三月には十二クローネンになっている。この価格急騰は第一次世界大戦のためだった。コークスも次第に多く用いられるようになっていたが、価格は石炭と同様に上がっていった。

石炭が家庭の燃料用に使われることが、まだ少なかったころは、石炭を買いに、わざわざ石炭集積場まで出かけていかなければならなかった。しかし家庭用の石炭需要の拡大にともなって、小売商店も出来てきていた。地下に石炭の倉庫をつくり、種類によって分けられた石炭が、あちこちに小さな山をつくっていた。そうした店の看板は必ずと言ってよいほど、鉱山で使うハンマーが二つクロスした形のものだった。

石炭やコークスなどを十キロずつ詰めた袋入りにして売る店もあったが、一般には、一ツェントナー（約五十六キロ）で売っていることが多かったので、家まで石炭などを運ぶ、石炭の運び屋（Kohlenausträger, Kohlenbauer）という仕事人があらわれた。彼らの仕事は、客の建物がある道路脇まで石炭や薪を運んでくればよいわけではなかった。

裕福な家庭では地下に石炭置き場があったので、そこに納めたのだが、アパートの四階や五階の家で注文があれば、上まで運び上げるのも仕事のうちだった。もちろん当時エレベーターなどないのが普通だった。さらに、各家庭の石炭箱の中に、粉が舞い上がらないように丁寧に入れなければならない。そうでないとチップの期待など出来なかった。

石炭運び屋たちが大きな石炭袋や薪を背負って歩く姿は、かつて冬のウィーンの風景の一部だった。しかし、彼らの仕事はかなりきつかった。石炭の重さによるだけではなく、石炭の粉塵をつねに吸い込まざるを得ないため、石炭運びの仕事を続けていくうち呼吸器の病気になる人たちも多かった。

仕事の厳しさからだろう。チップとしてもらった飲み代は、文字通り最後の一ヘラー硬貨にいたるまで、アルコール代に消えていったのだという。

除雪人と除雪電車

冬、雪が降る季節になると、日本の東京あたりでは、交通機関の乱れが気になる。雪が数センチでも積もれば、自動車の通行もままならなくなるし、電車もダイヤ通りの運行が難しくなってしまう。数十センチも積もれば、しかたないと思うところだが、ほんの二センチか三センチ雪が降る度ごとに、大騒ぎになって、交通機関が大混乱に陥ってしまうのは、ヨーロッパの町に住む人からすれば、不思議に思えることだろう。

ウィーンでは、雪が降っても路面電車が止まってしまうということはあまりおこらない。しかし、たくさんの雪が一気に降ると、かなりの混乱が起きることがある。例えば、二〇一三年二月十二日には、午前九時過ぎから十時過ぎまでの一時間足らずのあいだに、路面電車や路線バスが絡んだ事故が、立て続けに四件も発生したということもあった。

ウィーンは世界の大都市のなかでも、路面電車の重要性がきわめて高い都市だ。年間約三億人以上の利用客がいる。まさに市民の足になっている重要な交通機関だ。それだけ路面電車が充実しているわけだが、もちろん雪が降った中で運行を確保していくのは大変なことだ。雪が降るという予報が出たときには、市電やバス関連で、三〇〇人の作業員に雪対策のための動員準備がかかることになる。

私がウィーンに住んでいた時には、そうした除雪用の人員を確保するために、いわゆる季節労働のアルバイトの求人ポスターが出ていたのを思い出す。

路面電車は道路を走るので、雪が降るときに線路の路面を除雪しなければならないのはもちろんだが、同時に、約一七〇〇ある線路のポイントも正確に切り替わるようにすることも重要だ。ポイントが凍って動かなくなると電車が走れない。そこで主要な約一〇〇〇個所はヒーターで温められ、凍結することのないようにしている。また、ふだんは見る機会がほとんどないが、路面電車の線路の雪を取り除くための除雪車が約四十両もある。雪がたくさん降った時には大活躍する車両だ。黄色く塗られているので、ウィーン市電版のドクター・イエローといってもよいところだが、それらは点検用ではなく除雪用の電車だ。

除雪車で線路内の雪を取り除き、ヒーターで溶かそうとしても、一般の自動車も路面電車の線路上を走ることがあるわけで、線路の間に雪が詰まってしまい、ポイントの切り替えが利かなくなることもよく起こる。その場合には、ポイントに詰まった雪は、手作業で取り除くしかないのだそうだ。また、電車の運行と同時に、乗客が乗り降りするときの安全も確保しなければならない。ウィーンの路面電車停留所だけでも約一〇〇〇個所にもなる。さらにバスの停留所を加えると五〇〇〇を越える。それらの停留所での乗降に支障がないように、除雪をしておかなければならない。

その一方、道路の除雪に関してはウィーン市の担当で、雪が降ると二八〇〇キロの道路と二六〇〇〇個所もある横断歩道の除雪をしなければならない。大雪の時には、一四〇〇人から二〇〇〇人を動員して、午前三時ごろには除雪作業を開始するのだそうだ。

車の走る道路や電車の線路や停留所は、そのように除雪されているが、それでは、住居の前の歩道はどうなっているのだろう。ウィーンに住んでいた頃のことを思い出すと、雪の降った朝、出かけるときには、いつもきちんと除雪され、転倒防止用のために小砂利も撒かれていた。じつは、ウィーンでは、住居前の歩道や停留所前の歩道を誰が除雪するかは、時間を含め明確に定められている。

アパートなどの住居前に停留所があるときには、朝六時から夜の二十二時までは、アパートの管理人や管理会社が除雪をすることと決められている。それ以外の時間の、六時以前と二十二時以降は、ウィーン市交通局が除雪をすることとなっている。そのようにして乗客が安全に乗り降りできるようにと配慮されている。

管理人が住居前の道路の除雪について義務があるのは、もちろん電車の乗降場所についてだけではない。通常の歩道であっても、自分の家の前の道路に関しては、通行人が安全に歩けるようにしておかなければならない。だから普通の道路の歩道が雪に覆われ歩けなくて困るということはない。ただし、公園内の道などは除雪されていない。それでも念のために、雪が降ってもここは除雪されないなどと書いてある。さらには、入るならその危険については自己責任だとまで記されている。これと同じ文言を見たのは、アルプスの氷河のところだったことを思い出し、少し大げさだとも思ったりしたものだ。

ふつう人が入らない氷河は別として、いつでも人が通るところは、管理人などが除雪をしておくので、すべりやすいことはない。歩行者天国になっている場所は、商店は自分の店の前を除雪しておく義務があるので、ウィーンの歩道は、雪が降ってもかなり歩きやすい。

しかし、注意しなくてはならないのは、屋根（Dach）からの落雪だ。道端でも落雪注意のための Dachlawine! と書かれた表示板をよく見かける。Lawine は、雪崩という意味でもあるので、ちょっとびっくりするが、ただ、こればかりは注意するようにと言われても、突然、頭上から落ちてくるので防ぎようがない。私はウィーンで初めての冬を迎えた時、まず厚手のオーバーコートと、滑りにくい靴を買ったが、その次に手に入れたのが、極寒の地でも通用しそうな防寒用の帽子だった。

カール・レンナーのバラ

ウィーンの冬は厳しいが、春になると一斉に花々が咲き出す。春から初夏の頃になると、バラの花が咲き乱れている。ウィーンやその周辺のバラの名所といえば、ベルヴェデーレの近くの植物園や、近郊のバーデンも知られるが、真っ先にあげなければいけないのが、フォルクスガルテンのバラだろう。

フォルクスガルテンは、四月から十月までは、朝六時から夜十時まで入ることができ、約四〇〇種、五〇〇〇株を超えるといわれるバラがある。今でこそ、ウィーンきってのバラの名所となっているが、一八二三年、フォルクスガルテンが開園してから、かなり長い間は、バラではなく、フリーダーやシャクナゲが植えられていたのだった。

バラが植えられていくようになったのは十九世紀後半で、一八六二年頃にバラ園のようなものがつくられたとされている。しかしフォルクスガルテンで積極的にバラを増やしていったのは、第二次世界大戦後のことだ。それ以来、リング通り沿いには丈の高いバラと苗床で育てられるバラが多く植えられ、灌木のバラはヘルデンプラッツ側に多く植えられてきた。

植えられているバラをよく見ると、ラベルが下がっていることがある。バラの名が記されているが、さらにアルファベットの記号がある。THとかFlb、あるいはEnglという文字が見える。THは、ひとつの幹にひとつの花が咲くハイブリッドティ系と分類される種類をあらわしている。Flbはフロリバンダ系ということで、ひとつの幹に多くの花が咲くバラだ。Englはイギリス系ということだが、古い品種と、新しいハイブリッドティ系やフロリバンダ系とを掛け合わせたものだということだ。

春から初夏にかけて、きれいに咲き誇るバラだが、その手入れは入念で、水遣りの時間もかなり厳密に決まっているのだということだ。葉が濡れたままになっていると、害虫を生育させてしまうことになってしまうので、葉についた水が比較的すぐに乾く午前十一時頃に、散水することになっているのだそうだ。

また冬の間は、バラの木に袋をかぶせて保護している。麻袋を掛け、さらに下に紙袋をかぶせている。暖かい季節には見られないが、冬の公園らしい風景として印象深い。

テセウスの神殿の前にもきれいなバラが植えられている。二〇一一年の大規模な修復を経て、その白さがくっきりとしてきた神殿に対比して、ピンクのバラが映えている。そしてその下には低い白いバラが咲いている。この白いバラは「アスピリン」という名で、ピンクのほうのバラは「マリア・テレジア」という名が与えられている。アスピリンというのも変わった名前で、解熱鎮痛薬と同じだ。実は、それもそのはずで、アスピリンを作っているドイツのバイエル社の委嘱で、タンタウ社が品種改良によって作った白バラだからだ。アスピリン薬がつくられてから一〇〇周年であることを記念して、一九九七年に誕生している。

一方、少し高さのあるピンクのバラは、マリア・テレジアという名前だ。このマリア・テレジアも、タンタウ社が二〇〇三年に品種改良で作りだした。花は七センチから八センチくらいの大きさで、多くの花びらが重なり合って豪華な印象を与えるフロリバンダ系のバラだ。娘のマリー・アントワネットは、しばしばバラとともに描かれたが、マリー・アントワネットという名前のバラも二〇〇三年にタンタウ社が作ったとのことだ。

バラの種類と名前は、バラに詳しくない人にとっては、当惑するほど数多くある。フォルクスガルテンのバラの名前もさまざまで、例えば「ドナウの王女」という名のバラは、幹はひとつで多くの濃いピンクの花をつけている。また「ウィーンの森の真珠」というバラは、第一次世界大戦後につくられた品種で、日本にも「織姫」という名で入っていて「桃色中心橙色を加ふ八重巨大輪葉は闊大なる輝葉にして發育よく性甚強健」と説明されている。

「ドナウの王女」とか「ウィーンの森の真珠」、「マリア・テレジア」という名なら、いかにもありそうな名だ。しかし、オーストリアの政治家の名前のついた、有名なバラもある。

それは、「カール・レンナーのバラ」（Karl Renner-Rose）だ。ただ、レンナーのバラは、品種改良で命名されたものではない。カール・レンナーの生家にあったバラの木のことだ。

　カール・レンナーは、一八七〇年、当時はオートリア・ハンガリー帝国のウンター・タノヴィッツというところの、きわめて貧しい家の十八人兄弟の末っ子として生まれている。ここは現在のチェコのドルニー・ドゥナヨヴィツェだ。小さなブドウ農家を営んでいたということだが、とても貧しく、農業危機で家は破産し、いっそう生活は苦しくなったが、それでも彼はアルバイトをして勉強を続け、ウィーン大学に進学して法律を学んだのだった。そして彼は、その後、第一次世界大戦後、初代首相を務め、さらに第二次世界大戦後、首相、さらに初代大統領となったのだが、その彼の生まれた家の庭には、もともとバラの木があったのだ。しかし、一九九九年、カール・レンナーの生家が取り壊され、庭のバラの木も切り倒されようとしていることが伝えられた。そこで、オーストリア公園管理局は、バラの木をウィーンに移植するという計画を立てたのだった。

　現地では、すでに建物の解体が始まっていたが、「家の裏口のところにある、当時八十年以上になっている、大きく健康なバラの木」を発見した。バラの木は、掘り出されてウィーンに運ばれた。そしてレンナーの時代から大統領執務室のあるバルハウスの建物に面したフォルクスガルテンの一角にこの木は植えられ、毎年、多くの花をつけている。

ゲーテの座像

ゲーテの座像

アルベルティーナ広場の南の、リング通りに面したところに、ドイツの文学者ヨハン・ヴォルフガング・フォン・ゲーテの座像がある。国立歌劇場にも近く、かなり目立つ位置にあることもあって、このゲーテ像はよく知られている。

古い絵葉書でも素材として取り上げられていることもあるが、音楽家や皇帝や皇后などの彫像を写したもののほうが人気があるらしく、今では絵葉書としてはあまり見かけなくなっている。

ただゲーテ自身は、そもそも一度もウィーンを訪れたことはないのだ。ゲーテは、ミッテンヴァルトからオーストリアに入り、インスブルックを経てブレンナー峠を越え、ボルツァーノ（ボーツェン）とイタリアに赴いて行ったことはある。

その時の彼の『イタリア紀行』は有名だ。イタリアではフィレンツェ、ローマやナポリ、さらにシチリア島にまで足を伸ばしている。しかしいずれにしても、チロルを越えて行ったものの、オーストリア東部にやってくることはなかった。

ゲーテとウィーンとの関係といえば、例えばヨハン・ネポムク・フォン・ハラッハ伯爵などと、ゲーテはさかんに手紙のやりとりをしたことが知られている。またゲーテの息子アウグストの妻オッティーリエは、ウィーンのメルカー・バスタイの十番地の建物に住んだことがある。

ウィーンを訪れたことがないゲーテだったが、ドイツ語圏の偉大な文学者ということで、没後五十年の一八八二年、作家ハインリヒ・ラウベらがゲーテ像設立の呼びかけをした。しかし資金調達にも時間がかかったこともあって、現在見られるエドムント・ヘルマー作の像が完成したのは一九〇〇年になってからだった。

エドムント・ヘルマーといえば、ヴィクトール・ティルグナーとモーツァルト像の設立をめぐって、ひと騒動あった彫刻家だ。モーツァルト像の場合には、ヘルマーは当初のコンペティションで一位を獲得したにもかかわらず、設立委員会においてティルグナーの案が採用されることになってしまい、ヘルマーのモーツァルト像は日の目を見ることがなかったわけだが、じつはゲーテ像についても、ティルグナーとヘルマーの、どちらの案を採用するかについての問題があった。

一八八九年、ゲーテ像建設案の公募が行われ、翌九〇年にキュンストラーハウスで、案の展示会が開かれた。選考委員会は、ティルグナーの像を一位、ヘルマーのものを二位と、順位はつけたものの、一位を実際の建設案として採用するまでには至らなかった。そこで、三年後に、両者は新たな案を出すように求められた。

モーツァルト像のコンクールは一八九一年に行われたので、ちょうどそれをはさんでということになる。ティルグナーとヘルマー両者の応援者たちも巻き込んでの争いが起こったのだった。

しかし結局、モーツァルト像とは異なり、ゲーテ像に採用されたのは、ヘルマーの案だった。ただ理由は、ティルグナーの計画案が、像についての指示事項が委員会の提示したものと違っていたという「技術的な理由」からだったとされている。大理石像での建設も考えられたのだというが、経済的な事情からブロンズで造られた。

三段の台座の上にゲーテは座っている。ビーダーマンスロックという長い上着を着て、くるぶしまであるズボンをはいている。膝下までのズボンではない。こうした服はゲーテの時代にはモダンなスタイルだったものだ。

ソファーに座り、左手で一冊の本を持ち、右手は肘掛に自然に置かれている。思慮深い眼差しで、しっかりと前を見ているにもかかわらず、むしろ雑念からは解き放たれたようにも見え、ドイツ文学の巨人にふさわしい。

正面から見るゲーテ像は威厳に満ちているようにも見えるが、側面かからみると、少し印象が違う。ゆったりとしたソファーに座った腰の位置がいくぶん前になっていて、むしろくつろいだ様子にも見える。

ゲーテ像の完成にあたって『ノイエ・フライエ・プレッセ新聞』は、次のように記事を書いている。

「この市民的な服装を、ヘルマーは自ら造ったゲーテに着せている。そして大きな肘掛椅子に座らせた様も、ふさわしいものだ。それはアーヘンのカール大帝の大理石の玉座にも似ている」。

一九〇〇年、ゲーテの座像が完成したときには、もはや、ヘルマーとティルグナーをめぐる論争やいさかいは忘れ去られていた。

詩人フェルディナント・フォン・ザールも、ゲーテ像の完成にあたって詩を作っている。その最後の部分は次のようだ。

われらの芸術家が
われらのために造り上げた
この強き人の眼差しを喜ぶ
その人生をあらわす表情から

ゲーテの座像

感じ取れる風格ある崇高さ
記念像はウィーンに美しき装いを与え
オーストリアすべてに輝きを放っている
それは世界のためのものだ
卓抜した輝きをもって
ゲーテにおいて明らかにされた
完全なる魂の高みを求め
たゆむことなく努める
人類のためのものだ

ゲーテの座像

ゲーテの座像の原型と制作者エドムント・ヘルマー

シラーの立像

リング通りを向いたゲーテ像の左後方には、ブルクガルテンの鉄柵がある。当初はもう少しゲーテ像に近いところにつくられるはずだった。しかしゲーテ像の周りの空間を確保するために、建築家のフリードリヒ・オーマンが位置をずらしたのだった。

そこで、ゲーテは広々とした中に座ることができたわけだが、さらに彼の背後には木々が植えられている。像の作者ヘルマーが、緑の色を配置し像をいっそう引き立たせようとしたからだ、と言われている。

そのためゲーテは、ゆったりとした空間と緑の中に悠然と座っている。その視線のはるか先、リング通りの向こうには、フリードリヒ・フォン・シラーが立っている。

リング通りをはさんで、シラー広場に立つ像まではかなりの距離がある。現在はリング通りからシラー広場に至る間は、作曲家ローベルト・シュトルツにちなんでローベルト・シュトルツ公園と名づけられている。ここには「ローベルト・シュトルツ」という名の赤いバラが咲いているが、これは「オイロペアーナ」と「リリー・マルレーン」というバラをかけ合わせた新種で、シュトルツ自身が命名したものだ。その奥にシラー像が立っているわけだが、実は、ゲーテ像の位置は、もともとシラー像に向き合うようにと決められたのだった。つまり、すでにゲーテ像より先に、シラー像は建てられていたのだ。ゲーテ像の完成は一九〇〇年だったが、シラー像はそれより四半世紀ほども前の一八七六年に出来ていた。

ウィーンの人の中には、「ドイツのワイマールのゲーテとシラーの有名な像は、二人並んで立っているが、年長者を敬うウィーンでは、年上のゲーテのほうが座って、ゲーテより若いシラーを立たせたのだ」と言う人もいる。しかしそれは、たんに記念像設立の歴史を知らないからにすぎない。

リング通り沿いにウィーンの町を眺め観光をする人たちは、案内の人の説明で、ドイツ文学を代表する二人が向き合っているということは聞いても、ウィーンを訪れたこともないシラーの像に、わざわざ近づいて見てみようとはしないかもしれない。しかし近くから見上げると思ったよりずっと大きい。彫刻家ヨハネス・シリング作で、フランツ・ペニンガーが鋳造した。身にまとった膝を隠すほど長いフロックコートが特徴的だ。右足を少し前に出し、ペンとノートを手に湧いてくる考えを書きとどめているかのようだ。

台座の角には、子供、若者、成年、老人と、人生の時期をあらわす四体の像が座っている。それぞれ、母に抱かれた子、遍歴の杖を手にした青年、働く喜びにあふれた鋳造師、両手で本を持つ年老いた男だ。台座の四つの面にも、それぞれアレゴリーの像などが付けられている。詩、演劇、叙事文学、叡智をあらわす女性像だ。向かい合って座るゲーテの像では、椅子の部分に少しのレリーフがあるだけなのと比べると、シラーの下の周囲はアレゴリーに満ちている。

シラーの像をウィーンに建設しようという考えは、一八五九年、シラー生誕百年記念の式典が行われた時にさかのぼる。本来、ウィーンという土地とは関係のなかったシラーの記念式典を開こうというのは、理想を高く掲げ強い精神をもって文学活動を行った「自由の英雄」を、メッテルニヒの時代の後、十年を経て、讃えようということでもあった。

そもそも生誕百年の祝典は、ドイツ語圏だけでなく非ドイツ語圏でも盛んに行われ、合計すると、約五百もの都市で祝われたのだった。オーストリアでは、やはりドイツ系の民族としてドイツ語文学者の巨人であったシラーのための祝祭が催された。こうした祭典は一九〇五年、シラー没後百年にも開かれ、写真にも残っている。

ところでシラー生誕百年祭に話を戻すと、『ディ・プレッセ新聞』は「ウィーンのシラー祭」という記事を、一八五九年十一月十日に載せている。そこには次のような部分がある。「我々オーストリア人にとって、シラーを讃える祝祭は特別の意味を持っている。それは我々の社会生活における初めての自由な息吹と合致するだけでなく、同時に、我々がドイツ系民族であると感じさせる［…］機会をもたらしたのだ」。

ブルク劇場、宮廷歌劇場や多くの他の劇場でも特別公演が開催され、プラーターシュテルンから現在のシラー広場まで、松明行列も行われた。実は、その頃はまだシラー広場という名ではなかったのだが、皇帝フランツ・ヨーゼフは、そこをシラー広場と改称すると約束をしたのだった。ただ、実際に地図上ここがシラー広場という名を与えられるのは一八七〇年になってからで、一八五九年のシラー祭のときには、まだ立派なシラー像はなく、石膏像のシラーが、その時限りのものとして、松明行列で運ばれ広場に置かれたのだった。

臨時のものでないシラー像を建設しようという動きはあったものの、設立委員会の最初の会議が行われたのは一八六八年になってからで、彫像案の募集をしたところ四十四もの応募があり、そのうち実際の試作品が提出されたものが二十八もあった。採用されたのが現在あるヨハネス・シリングのシラー像だった。

委員会のメンバーでもあった、医師で作家のルートヴィヒ・アウグスト・フランクルは、記念像建設の定礎にあたって、シラーの「巻き毛」を像の土台の中に埋めたのだった。そのこともあって、完成後には、シラー像を見に訪れる人が絶えなかったということだ。

1905年のシラー没後100年記念式の際の、シラーの立像のところでの集い（Wien Museum）

カール大公の騎馬像

ウィーン新王宮前の広場には、二つの騎馬像が立っている。新王宮の建物に近いところに広場の中央を向いて馬に乗っているのはオイゲン公（一六六三〜一七三六）だ。トルコの侵攻に対して戦い、西ヨーロッパのイスラム化を防いだのだった。

そのオイゲン公に向かい合って、カール大公（一七七一〜一八四七）の像がある。カール大公は、ナポレオン軍とアスペルンの戦いで、ナポレオンのフランス軍に勝利した。彼らは、オーストリアでは、いわば国家的英雄であり、皇帝フランツ・ヨーゼフはその二人の立つ新王宮前の広場を、「英雄広場」と名づけさせたのだ。

彼らにちなんだ曲をヨーゼフ・シュトラウスは作曲している。比較的よく知られたものは『オイゲン公行進曲』（Op.186）だ。オイゲン公の像の除幕式は、一八六五年十月十八日に行われたが、それに先立って十月八日に、フォルクスガルテンで初めて演奏された。

一方、カール大公を題名にしたヨーゼフ・シュトラウスの曲『カール大公行進曲』（Op.86）もあるのだが、『オイゲン公行進曲』と比べると有名ではないかもしれない。カール大公の像の制作は一八五三年に始められ、完成はアスペルンの戦い五十周年の一八五九年に予定されていたのだが、除幕は翌六〇年とされ五月二二日と決まっていた。しかし当日は荒天だったため、結局、除幕が行われたのは、二五日になってからだった。

ヨーゼフ・シュトラウスは除幕にあわせて、『カール大公行進曲』とワルツ『英雄叙事詩』(Op. 87) を作曲した。ところが、この二曲は長い間、楽譜が行方不明になっていて、演奏されなかった。しかし後になって、楽譜出版社ハスリンガーのもとで発見され、今ではこれらの曲はCDでも聴くことができる。

ところで、カール大公像を建設しようということは、すでに皇帝フェルディナント一世(一七九三~一八七五)のころから考えられていたのだそうだ。だが、フェルディナント一世はウィーン革命で退位したため、甥であるフランツ・ヨーゼフが、君主が手元に持つ金である「内帑金」を出し実現させることになる。

像の制作を引き受けることになるのは、彫刻家のアントン・ドミニク・フェルンコルン(Anton Dominik Fernkorn 一八一三~七八)だった。記念像の建設の話を知った彼は、小型の置物としてのミニチュア像を作ってみた。それはちょうど縦型の台に載せられるほどの大きさのものだった。

皇帝フランツ・ヨーゼフに仕えるケラー・フォン・ケレンシュタインは、たまたまフェルンコルンが作った像を目にし、そのことを皇帝に報告した。皇帝自らもフェルンコルンの試作像を見て、「これを大きくできないものか」とフェルンコルンに向かって言ったのだということだ。

フェルンコルンが、シュトラウホガッセ（Strauchgasse）のモンテヌオヴォ宮殿（Montenuovopalais）には、自ら作った約四メートルの高さの、聖ゲオルク像があるということを述べたところ、皇帝はただちにモンテヌオヴォ宮殿に赴き、馬に乗り悪竜と戦う聖ゲオルク像を見たのだそうだ。そして、フェルンコルンにカール大公像の制作の依頼をして、グスハウスシュトラーセにあった帝室大砲鋳造所の設備を、彫像制作のために使えるようにしたのだった。

フェルンコルンは騎馬像の制作にあたって、当初はカール大公の右手に指揮杖を持たせることを考えていたといわれるが、結局は敵に向かって突き進むよう掲げた連隊の旗を持たせた。その見本として考えたのは、画家ヨハン・ペーター・クラフト（Johann Peter Krafft 一七八〇〜一八五六）が描いた、アスペルンの戦いのカール大公の姿だった。

前脚を大きく上げ後脚の二本だけで立つ馬に跨って、進軍を促す大公を描いたクラフトの『アスペルンの戦いにおけるカール大公』の絵はよく知られている。

ただ、このような馬上の指揮官を描いた類似の絵は他にも思い浮かべることができる。それは、パリの画家ジャック＝ルイ・ダヴィッドの『アルプスを越えるナポレオン』（一八〇一年）だ。後ろ脚だけで立つ馬の姿勢など、かなりの類似点がある。

そのように見ると、この二人の画家の関連が気になるところだが、じつはヨハン・ペーター・クラフトとジャック＝ルイ・ダヴィッドとの間に、確かに接点があったのだ。クラフトはウィーンで美術を学んだ画家であったが、パリにも行っていたことがあり、そこで、個人的にもジャック＝ルイ・ダヴィッドと知り合い、影響を受けていたのだ。

つまり、ナポレオン軍を破ったカール大公を描いた絵や、フェルンコルンの像は、そのスタイルをたどってみると、皮肉なことに、ナポレオンの絵から大きなヒントを得ていたということになる。

しかし絵とは違って、像の場合には、馬を二本脚で立たせるには、重量という大問題がある。台座についているのは後ろ脚二本だけだ。約二十トンにもなるという騎馬像全体を支えるのは大変だった。

どのように支えているのかについて、いろいろなことが言われた。十七メートルもある鎖を地面にまで埋め込んで馬を引っ張っているとか、あるいは、像が風で揺れないように馬の腹には鉄球が入っているとか想像された。

だが、実際は、台座の中に簀状の鉄が埋め込まれ、騎馬像の脚としっかりつながれていて倒れないように工夫がされているし、さらに、像の前部分は薄くつくられて全体のバランスをとっているのだ。

カール大公の像の後に、やはりフェルンコルンが建てたオイゲン公の像では、馬の脚だけでなく、尻尾を台座につけて支えている。このころ彼は、脳血管障害の発作に襲われていたこともあり、像を二点で支えることが不安になったのかもしれない。

またその後、台座の制作が二転三転したことから、フェルンコルンは精神に異常をきたし、施設で暮らすことになる。巷では、二本脚の馬が倒れないかとの心配から、精神に異常をきたしたのに違いない、との噂がささやかれたのだそうだ。

カール大公の騎馬像の模型と
制作者のフェルンコルン

ヨハン・ペーター・クラフトの『アスペルンの戦いにおけるカール大公』(Heeresgeschichtliches Museum)

皇帝たちの騎馬像

英雄広場のカール大公やオイゲン公の騎馬像は、十九世紀後半のウィーンの都市改造のなかで建てられているが、こうした記念像は、二十世紀を迎えるまでに、リング通り周辺だけでも約五十もの記念像がつくられていくことになる。

都市の近代化にあわせ、その装いには記念像がなくてはならないと考えたのだろう。その点でカール大公記念像は、新しいウィーンの記念像建設ラッシュの嚆矢であったといってもよい。

実際、十九世紀前半までに今のリング通りの付近などに建てられていた記念像といえば、マリア・テレジアの夫フランツ・シュテファン像と、その息子である皇帝ヨーゼフ二世像、その甥のフランツ一世の像だけだった。

このうちフランツ・シュテファン像とヨーゼフ二世像は、どちらも馬に乗った姿で建てられている。カール大公は二本脚で立つ馬に乗っていたが、フランツ・シュテファンとヨーゼフ二世の馬は三点で支えられ、どちらも右の前脚を上げている。後ろ脚二本だけで立つカール大公像のような躍動感はないものの、皇帝にふさわしく堂々と安定した像だ。

　フランツ・シュテファン像は、悠然と馬にまたがり右手を少し前に出している。頭の巻き毛を結んで背中まである鬘がつけられているのも、十八世紀の様子をよくあらわしている。フランツ・シュテファン像は、彼の存命中から、バルタザール・フェルディナント・モル（一七一七〜八五）によって制作が始められていた。

　しかし完成したのは一七八〇年になってからで、フランツ・シュテファン没後十五年もたっていた。像はモルが亡くなった後、十年以上モル家に置かれていたが、一七九七年になってようやくレーヴェンバスタイのパラダイスガルテルに建てられたのだった。

　今、この像はブルクガルテンの大きなイチョウの木の近くにあるが、一八一九年に皇帝フランツ一世がこの場所に設置させたからだ。たしかに台座にローマ数字で一八一九と記されている。しかしよく見ると、像そのものには、モルが完成させた年である一七八〇という数字がはっきりと刻まれているのはそのためだ。

　ウィーンの一般の人々が、フランツ・シュテファン像を目にすることができたのは、一八一九年になってからだったので、皇帝像として公の場に最初に登場したのは、ヨーゼフ二世像の方が先で、一八〇七年だった。

　ヨーゼフ二世像は、原型制作から十二年かかって完成をみているが、初めはシェーンブルン宮殿の庭に置かれ、その後、王宮のヨーゼフ広場に移された。数段の階段状の台座や、周囲の四本の柱と鎖とによって堂々とした様子をつくりだしている。台座の段に腰を下ろして休んでいる観光客の姿もあるが、中にはヨーゼフ二世の像だとまったく気づかない人もいる。というのも、馬上の人物の姿や側面につけられたレリーフは、ローマ時代の服装をしているからだ。

この像はフランツ・アントン・ツァウナー（Franz Anton Zauner 一七四六〜一八二二）によって制作された。完成当時、月桂冠をいただいた像が皇帝ヨーゼフ二世像だと聞いたウィーンの人々は、「像を造るのにお金もたくさんかかっているだろうに、まともな鞍や鐙もなしで皇帝陛下は馬に乗っている」と文句を言ったそうだ。

しかし制作者のツァウナーが、モデルにしたのは、ローマ皇帝マルクス・アウレリウスの像だった。ローマ時代の服装や馬具を付けたわけだから、鐙がないのは当然だった。ローマ人が馬に鐙を装着するようになるのは、ずっと後のことだった。

オリジナルのマルクス・アウレリウス像は、ローマのカピトリーノ美術館にある。馬に乗った姿や右手を大きく前に突き出したしぐさ、馬が右足を上げたところまでそっくりだ。ストア学派に属する哲学者でもあり『自省録』を著したことでも知られるマルクス・アウレリウスは、西暦一八〇年、ウィーンで亡くなったと伝えられる。

彫刻家ツァウナーは、古代ローマの乗馬姿を、改革王とも呼ばれたヨーゼフ二世に重ねたのだった。像の台座のレリーフには、ヨーゼフ二世のさまざまな業績が描かれている。北側の面には、農業の促進者でもあったヨーゼフ二世の姿がある。ヨーゼフ二世は二十五年の治世のうち、六年は帝国各地を訪れていたが、ボヘミアの農地にやってきたある時には、農民から鋤を借りて自ら土地を耕したという逸話も残っている。

レリーフでは、ヨーゼフ二世が中央に立ち、翼のある守護神に導かれ、右側には胸に蛇を抱えた思慮深さのアレゴリーが立ち、さらに右隅の樫の木も堅実さのシンボルで、その前に男の子が父親に導かれて土を耕している。

また南面のレリーフは、トリエステの自由港としての開港を扱っている。船と灯台のある港を背景に、ローマの衣装を着たヨーゼフ二世は、右にいる貿易の神メルクールに、貿易そのものをシンボライズしている女性の解放を命じているところだ。皇帝の左に立つのは、商人あるいはトリエステの領事だとされている。さらにその左の後ろにはローマ神話の女神ファマがヨーゼフ二世を讃えてラッパを吹き鳴らしている。

さらによく見ると、礎石の周りの柱には、十六枚の円形のレリーフ板がつけられ、ヨーゼフ二世の誕生、結婚、戴冠から、生涯を通してのさまざまな業績や美徳などが描かれていて、一巡りするだけでも、時代を先取りした皇帝を、いっそう身近に知ることが出来る。

王宮のヨーゼフ広場のヨーゼフ二世像（Wien Museum）

オーストリア建国記念日

オーストリアの祭日は、春の復活祭、冬のクリスマスや秋の万聖節なども含め、キリスト教の宗教的な記念日にちなんだものがほとんどだ。その点で十月二十六日の「建国記念日」ともいえるナショナルデー（Nationalfeiertag）は例外的といってもよい。

十月二十六日には、朝、大統領と首相がリング沿いに建つブルク門の中の地下にある、戦没兵士の記念墓所に花輪をささげる。この日、英雄広場で新入兵の宣誓式も行われるので、多くのオーストリア軍の兵士が隊列を組んでいる。さらに広場には軍用ヘリコプター、そして戦車も展示されていることもある。

ウィーン市内でオーストリア軍の戦車などを見ることは普通ない。しかしリング通りを進む戦車を見ると、やはり中立を宣言した国でありながら、軍を持ち、しかも徴兵制があるのだということを、あらためて思い起こす。

二〇一〇年には、オーストリア軍が国連の平和維持活動に参加してから五十周年ということで、記念切手も発行された。

ウィーン大学で私が教えていた時、真面目に出席していた学生が、次の学期にはまったく姿を見せなかった。どうしたのだろうと思っていると、半年以上経ってからやってきて「軍隊に行っていました」と言ったのだった。

オーストリア国籍の男子は十八歳から兵役の義務を負っている。期間は六か月間だ。兵役に代替して社会福祉施設や病院などでの役務を行う場合には九か月間となっていて、さらに十二か月間発展途上国などでの国外奉仕活動を選択することが一九九二年からできるようになっているそうだ。

ところで、この十月二十六日というのは、オーストリアが第二次世界大戦の敗戦後一〇年を経てようやく独立をかちとり、連合国の占領軍がオーストリアから、完全に撤退し終わった日が一九五五年十月二十六日だったからだが、その意味では、新たなオーストリアの「建国記念日」であるにはちがいない。しかし、十月二十六日が正式にナショナルデーとされるのは、占領軍の撤退からさらに十年後の一九六五年になってからだった。

なぜ、そんなに長く時間がかかったのかといえば、オーストリアには、国自体の記念日というべき日が、歴史的にさまざまあったからだ。ハプスブルク帝国の時代には、国としての宗教的ではない祝祭日として、皇帝フランツ・ヨーゼフの誕生日、八月十八日があった。その後、第一次世界大戦で帝国が崩壊し、十一月十二日、共和国宣言を行い、オーストリアは第一共和制といわれる国になる。その成立日である日を記念日とし、同時に、メーデーの五月一日も祭日とされた。だが、一九三四年からのオーストロファシズムの時代になると、十一月十二日は祭日から外されたものの、五月は聖母マリアの月であるという理由などで、五月一日は労働の日、若者の日、母親の日として祭日のまま残ったのだった。

では、ナチスドイツに併合される一九三八年からはどうなったのだろうか。一九三八年四月の国民投票でドイツへの併合が決まった直後の、五月一日の英雄広場の写真が残っている。「ドイツ民族の国民祝日」とされた祝祭の様子が写されている。カール大公像やオイゲン公像よりはるかに高い五月柱も建てられている。この祝祭日は第二次世界大戦終了まで続いたのだった。

連合国四カ国に占領されていた時には、むろん「建国記念日」などはなかった。四月十三日、ウィーンでの戦闘を最後に解放されたということで「解放の日」を祝うこともあったが、占領下では広まることはなかった。一九五五年五月十五日、オーストリアの独立に関する国家条約が締結され、各国での条約の批准後に、占領軍はオーストリアから退去することになった。その完全撤退日はオーストリアが自由になる日だった。

少し付け加えると、一般に、十月二十五日に最後の占領軍の兵がオーストリアを去ったとされている。イギリス軍の将校がこの日ケルンテン州から去ったという。ただ、部隊として残っていたのではないようだ。部隊として出国したのはソ連で、期限の一ヵ月以上前の九月十九日、バーデンから十六時四十八分発の列車に乗り込んでいった。

そして、ウィーンの人々も、二十六日を待たずに前週の週末には集まって独立を祝っていた。消防局や交通局の楽団が、いくつものグループに分かれ通りを行進し演奏した。当時の新聞によれば、市庁舎広場の祭が始まるころには道路は「生命の危険をおぼえるほど」人々が押し寄せていた。夜九時過ぎからは、国旗の色である赤と白の花火が打ち上げられ、その後、ワルツの輪ができ、最後には『美しく青きドナウ』が踊られたのだった。

オーストリアの学校では「最後の外国兵がオーストリアの地を去る日、わが祖国の歴史の大いなる時を若者たちは経験することになるであろう」と「いずれの学校においても、十月二十五日に共和国の旗を掲げられるものとする」とされた。その翌年には、教育相ドリンメルは、毎年の祝祭として十月二十六日を「国旗の日」(Tag der Fahne)とするとした。

しかし「国旗の日」は、学校や職場は休日にならなかった。経済界などは休日を増やすことに反対していたし、「建国の日」をいつにすべきかの議論も、なかなか政党間でまとまらなかった。戦後二十年以上も経って、オーストリアが独立をかちとってからも十二年が経過した一九六七年六月になって、ようやく、十月二十六日は、国の祭日となったのだった。

オーストリア連邦軍の 50 年にわたる海外活動を記念する 2010 年発行の切手

シュタットパルクの6つの泉

シュタットパルクの6つの泉

リング通り沿いにある市立公園（Stadtpark シュタットパルク）は、ヨハン・シュトラウス像が立っているところとして観光客にも人気が高い。ヨハン・シュトラウス像は、リング通りを走る路面電車からもわずかに見える。電車を降りて像に向かって公園に入って行くと、右には大きな花時計があり、左には青々とした芝生が広がっている。

金色をしたヨハン・シュトラウスを写そうとたくさんの人々が群がっているが、その周りにある彫刻物に目を向ける人はほとんどいない。といってもヨハン・シュトラウス像の付近から直接見える像はほとんどないように思える。

ドナウの乙女の泉（Donauweibchenbrunnen）の像は奥の茂みの中だし、アントン・ブルックナー像やローベルト・シュトルツ像、ハンス・マカルト像、さらに進めば、シューベルトの像が泰然と座っているのは、そこから少し行ったところだ。それらは、ヨハン・シュトラウス像のところから見渡せるわけではない。じつは、ヨハン・シュトラウス像のところから見える像は、かわいらしいブロンズのペンギンたちだけだ。

四羽のペンギンが、ヨハン・シュトラウスを見向きもせず立っていたり、小さな池で水遊びをしている。目立たないペンギンたちなので、名もない作家によるものかと思いそうになるが、そうではなく、リング通りの有名な共和国記念碑のフェルディナント・ハヌシュの胸像もつくった彫刻家マリオ・ペトルッチ（一八九三～一九七二）の作品だ。

ペトルッチはイタリアのフェラーラに生まれたが、一九二〇年にウィーンに移り住み、第二次世界大戦後まで、ウィーンの重要な彫刻家であった。彼が、公園にやってくる鳥のための水飲み場として造ったのが小さな池とペンギン像だった。ただし、「ペンギン」の名が正式な名前にはなく、鳥の水飲み場（Vogeltränkebrunnen）と、味気ない名前になっている。

これがつくられたのは、第二次世界大戦後の一九五三年のことだが、現在の市立公園には、ペンギンのいる、鳥のための水飲み場を含めて、泉や水飲み場が六つあるのだという。

市立公園はウィーン川沿いに造られた公園なので、たしかに水が豊かであり、ブルックナー像の前には池が広がっている。ブルックナーから見て池の右手奥に、源泉解放の泉（Befreiung-der-Quelle-Brunnen）というモニュメント風の彫刻がある。ペンギンの泉とは違ってかなり大きなものなので、池の周りにやってきた人は見逃すことはないだろう。

階段の上に白っぽい彫像が奇妙な格好をしている。二人の男の像が、屈み込み、あるいはしゃがんで、川の源泉が流れ出るために障害となっている大きな岩を取り除こうとしているところなのだそうだ。

一九〇三年、彫刻家ヨーゼフ・ホイ（Josef Heu 一八七六〜一九五二）によって、第八回ハーゲン芸術家同盟展示会に出展されたものだということだ。ハーゲン芸術家同盟（Künstlerbund Hagen）といっても、あまり知られていないかもしれない。一九〇〇年に設立された、芸術家のグループで、ウィーンでは、世紀末当時にあったキュンストラーハウス（Künstlerhaus）、分離派（Secession セツェッシオーン）に次ぐ第三のグループだったが、一九三八年ナチスによって解散させられた。

この泉は、暗渠から流れ出してくるウィーン川に近いところにある。ウィーン川を挟んでリング通りに近いほうは一区だが、川を渡って向かい側、すなわちウィーン川右岸は三区になる。市立公園小橋（Stadtpargsteg シュタットパルクシュテーク）を渡って進むと、右に行けば、「水のセラピスト」と呼ばれたセバスティアン・クナイプ（Sebastian Kneipp 一八二一〜九七）を記念したセバスティアン・クナイプの泉（Sebastian-Kneipp-Brunnen）があり、左に行くと清涼の泉（Labetrunk-Brunnen）があり、母子像のある水飲み場になっている。一九〇九年、ウィーン市によって市長カール・ルエーガーのもとでつくられたものだ。第二次世界大戦末期の一九四五年、壊されたが、五年後に再設置された。

六つのうち、あとひとつあるという泉を探して、さらに北に進むと、奇妙な水飲み場が置かれている。全体の形はまるでシャンパングラスのようで、水盤の上にいる、深い緑色の鳥のような生き物の口から水が流れ落ちている。

頭部や羽を見ると鳥なのだが、尻尾は蛇のようだ。おまけに胸には、紋章らしきものがついている。よく見るとスイスのバーゼルの紋章だ。たしかに、下の説明板に記されているのは、「二〇〇八年六月一〇日、バーゼル市からの贈呈」といった言葉だ。

これは二〇〇八年のサッカー・ヨーロッパ選手権の時、開幕戦がスイスのバーゼルで行われ、決勝戦がウィーンで行われたことを記念し、友好の証として、バーゼル市からウィーン市に贈られたもので、バジリスクの泉（Basiliskenbrunnen）と名付けられている。

この形の水飲み場は、バーゼル市が十九世紀、水道の近代化にあわせて道端の水飲み場を新たなデザインで作ることになったことに由来する。そこで公募され採用されたのが、バジリスク型の水飲み場だった。それ以来、バーゼルのシンボルのように設置され、友好関係にある都市に贈呈しているのだ。

ただ、ウィーンの人でも、市立公園の一角に「バジリスクの泉」がある、ということは知らない人のほうが多いかもしれない。というのも、ウィーンには、切手にもなるほど有名な「バジリスクの家」（Basiliskenhaus）というのが、旧市街のシェーンラテルネガッセにあって、もう泉や井戸などないと思っているからだ。

ドンナーの泉

　ノイアー・マルクトの中央に「ドンナーの泉」（Donner-Brunnen）という大きな泉がある。ゲオルク・ラファエル・ドンナー（Georg Raphael Donner 一六九三〜一七四一）という彫刻家の名前からそう呼ばれている。

　ドンナーは、一六九三年にウィーンのエスリングに生まれた。エスリングはドナウ河左岸のローバウよりさらに北にあり、ニーダーエスタライヒ州のマルヒフェルトに接するあたりの地名だ。ドンナーの生まれた頃は、まだウィーン市内にはなっていなかった。一九三八年の市域拡大にともなってウィーン市に入ったところだ。

　一六九三年はグラーベンにペストの柱が造られた年だ。ラファエルというのは、ドンナーがイタリアの画家ラファエロ・サンティに傾倒していたために自ら加えたものだという。ドンナーはバロック時代の傑出した彫刻家で、彼の作品はウィーンだけでなく、ザルツブルクのミラベル宮殿の天使の階段と呼ばれるところなどにも見られる。

　オーストリア造幣局も、初めて百ユーロ金貨を発行するにあたってドンナーの泉を題材にした。二〇〇二年十一月に出された金貨にはドンナーの泉とともに、彼の肖像がモティーフになっている。しかし泉の像が描かれた面には、ドンナーの泉という名ではなく、「プロヴィデンティアの泉」と書かれているのだ。

たしかにこの泉は通称、ドンナーの泉なのだが、正式名称はプロヴィデンティアの泉(Providentiabrunnen)という。プロヴィデンティアとは、保護、配慮、将来への備えなどを意味するラテン語からの言葉だ。泉の中央の女神像がそれを表している。右手の下の楯には二つの頭部を持つヤヌスが描かれたレリーフがある。女神像の足元の台座のところには、四人の魚を抱えたプットたちがいて、魚の口から水が噴出すようになっている。

碑文がつけられていて、制作年などがわかる。まずそのひとつには、「ラファエル・ドンナーが原型を作り一七九三年に鉛で鋳造された」とある。この像の建設はウィーン市の注文によるものだった。プロヴィデンティアの女神像によって、ウィーン市の賢明なる市政を表現しようとしたのだとされている。

プロヴィデンテイアとプットたちを中心に貯水槽部分があり、さらにそれを取り巻いて四つの像がある。それらは、モラヴァ川、トラウン川、イプス川、エンス川というオーストリアの主要な川のアレゴリーだ。モラヴァ川は成熟した女性像で、下半身にだけ布をまとっていて、上半身を起こし、右腕の下に置かれた戦いのレリーフに寄りかかっている。トラウン川は貯水槽の中の魚を銛で突いている若者の像だ。右足は地面に着き左足を縁に乗せ、大きく身を水の上に乗り出し、水中の魚を狙っている。イプス川は泉の若い妖精の姿だ。壷に手をかけて縁に腰掛けている。そしてふっと右側に目をやっているところだ。エンス川は年老いた船乗りで、足を投げ出すようにして腰掛け、右肩の上に櫂をかついでいる。

マリア・テレジアは、この川のアレゴリーが気に入らなかったのだそうだ。宗教的あるいは皇室のシンボルを表しているわけでもなく、きわめて非宗教的な世俗的な姿をしていたからだ。おまけにそれらはウィーン市の資金によって建造されていた。さらには、道徳や風紀に厳格な女帝からすれば、ほんのわずかしか身にまとわない裸体をさらけだした像はきわめて不快だったのだ。マリア・テレジアは、川のアレゴリー像を撤去し、溶かしてしまうようにという指示を一七七〇年に出したのだ。

そこで、アレゴリー像は取り外され、しばらく武器庫の中に置かれていたが、溶かされることはなかったのだということで、後に彫刻家のヨハン・マルティン・フィッシャーによって発見され、その芸術的な価値の高さが再認識されることとなった。そこで碑文のひとつにあるように「マルティン・フィッシャーによって一八〇一年修復された」のだった。

しかし、ドンナーの造った像は鉛で出来ていたため、風雨にさらされて傷みがひどくなっていった。そのためウィーン市は一八七一年、像のレプリカを造ることに決定した。

今回は、屋外の天候の変化などにも強いブロンズ製で建造されることとなった。「ウィーン市長フェルダーのもと、ウィーン市、一八七三年」、また「一八七三年、帝室王室鋳造所レーリヒ並びにペニンガーにより修復されブロンズで制作された」という碑文は、そのことを表している。そしてドンナーが最初に造ったオリジナルの像は、ベルヴェデーレ下宮に収められている。

その後も、ドンナーの泉がシンボルであるノイアー・マルクトは、ウィーンの中心部の主要な場所であり続けた。テゲトフ通りから走ってくる路面電車の終点にもなっていたのだが、第一次世界大戦前の一九一三年には、また像は撤去されかかったこともある。今回は風紀上の問題ではなく、道路交通の障害になるからという理由だった。しかし、歴史的な価値から反対が起こり、皇太子フランツ・フェルディナント大公も、反対を表明して、撤去は免れたのだった。

ところが、第二次世界大戦中は、爆撃などによる被害から守るために、像はいとも簡単に撤去され、この場から姿を消してしまっていたのだった。実際、ノイアー・マルクトも爆撃にあい、ドンナーの泉の泉水盤や貯水槽は破壊されてしまったこともあったのだった。

このように、ドンナーの泉とその像は、歴史の中のさまざまな移り変わりに、姿を変え、また居場所を変えながら、現代まで生き続けてきたのだ。

ノイアー・マルクトとドンナーの泉の絵葉書。1907 年から 48 年までは路面電車が乗り入れていた。

ダヌビウスの泉

国立歌劇場の裏手に「戦争とファシズムに対する記念碑」が設置された広場がある。以前は、すぐ前の広場である、アルベルティーナ広場と同じ名前で呼ばれていた。もともとフィリップホーフという建物があって、それが第二次世界大戦の爆撃で破壊され、その後、取り壊された場所だから、名前がある広場というわけではなかったのだ。そこで便宜的にアルベルティーナ広場とされていたわけだ。

その広場に二〇〇九年、ヘルムート・ツィルク広場という名前が与えられることになった。ヘルムート・ツィルク（Helmut Zilk 一九二七〜二〇〇八）は、一九八四年から九四年までウィーン市長だった人物で、映画『男はつらいよ』シリーズのファンでもあったため、ウィーンで撮影された『寅次郎心の旅路』（一九八九年）では、ホイリゲのシーンにも客の一人として登場している。

ツィルク市長は一九八〇年代、さまざまな議論のあった「戦争とファシズムに対する記念碑」の建設について、建設地の決断をし、アルフレート・フルドリチュカの記念碑が建つことになったのだった。そのため、ツィルク前市長の死後、彼の名前がこの広場につけられたわけだ。

ヘルムート・ツィルク広場から見ると、右には版画の収蔵で世界的に有名なアルベルティーナ美術館がある。そこへの入口部分に、奇妙な屋根のようなものが突き出している。幅は広いところで十二メートル、長さは五十三メートルもあるチタン製だ。ウィーンの現代建築家として有名なハンス・ホライン（Hans Hollein 一九三四〜二〇一四）の設計によっているものだ。

建設資金を出したのは建築不動産業のソルヴィア家なので、ソルヴィア・ウイングとも呼ばれる。その費用は公開されていないが、二百万ユーロにもなるのではないかと言われる。たしかに翼のように見えないわけではなく、「速さや未来のシンボル」なのだとされるが、「ウィーンの空のカミソリ」と言われたり、「戦争とファシズムに対する記念碑」に向かって突きつけられた攻撃的な刃のようだとか、批判的な意見は数多い。

アルベルティーナ美術館のあるところは、広場から一段高くなっている。その理由は、この部分がバスタイの名残りであったからだ。アルベルティーナの建物との段差を利用した壁に泉がつくられ、いくつもの彫像が並び、上には騎馬像がある。

第二次世界大戦末期の空襲では、大きな被害がもたらされ、人的な被害だけでなく、記念碑像なども多くの損傷を受けたのだったが、この騎馬像は、ほとんど被害がなかった。

この像が誰の乗馬姿なのか知らない観光客の中には、泉に近づいて上を見上げ、「フランツ・ヨーゼフ一世。ウィーン市に。一八六九年」と刻まれているのを見て、皇帝フランツ・ヨーゼフの騎馬像だと思い込んでしまう人もいるそうだ。

皇帝フランツ・ヨーゼフが、この泉の像を一八六九年に造らせたのは確かだが、騎馬像は皇帝ではない。騎馬像は後になって、一八九八年に建てられたのだった。当初の設計図や一八九八年以前の写真を見ると騎馬像はない。

馬に乗っているのは、オーストリアの行進曲に詳しい人なら、コムツァーク作曲の『アルブレヒト大公行進曲』でよく知っている、十九世紀半ば各地の戦役などで活躍したアルブレヒト大公（Albrecht von Österreich-Teschen 一八一七〜九五）なのだ。

だから壁の泉は、現在は正式には「アルブレヒトの泉」というのだそうだが、しばしば「ダヌビウスの泉」と呼ばれることもある。たしかに、中央にはドナウのラテン語名であるダヌビウスがいる。その隣の女性像はヴィンドボナだ。ヴィンドボナはローマ時代のウィーンの呼び名だった。

ダヌビウスがとても厳しい表情をしているのは、洪水の多かったドナウ河をあらわしているからだ。ウィーンは古くからドナウの氾濫には苦しめられてきた。その一方、ドナウはウイーンに水の恵みももたらしてきた。それは、ウィーン市の鍵を持つヴィンドボナにそっとかけられたダヌビウスの左手によってもわかる。

ドナウはヨーロッパでも、多くの流れの集まる大河とみなされ、左右には中小の川のアレゴリーが並んでいる。中央のドナウのすぐ左はサヴァ川、右はティサ川だ。サヴァ川はセルビアのベオグラードでドナウに合流する。ティサ川はベオグラードより少し北でドナウに合流する川だ。

ところが、これらの中小の川をあらわしている像が写った写真を見ると、時代によってその数が違っている。なぜかといえば、フィリップホーフが壊滅した爆撃によって、アルベルティーナやその前の影像にも大きな被害がもたらされたからだ。

そのため大戦後しばらくして、アルベルティーナの壁部分の修復をしたときに、中央のダヌビウスとヴィンドボナ、サヴァ、ティサ以外の像は、いったん取り外され、壁のくぼみ部分も埋められていたのだった。

取り外されたのは、左のドラウ川、ムーア川、ザルツッハ川、マルヒ川、右のラープ川、エンス川、トラウン川、イン川だ。ドナウ河の支流の川で、いずれも女性名詞の川なので、どれも女性像だが、ラープ川、マルヒ川、エンス川、トラウン川といった比較的小さな川は、大人の女性ではなく小さな女の子の姿をしている。

つまり、中央のダヌビウスとヴィンドボナの像をはさんで、左右に五体ずつの川の像があったわけだ。しかし今は、オーストリアを代表する川のひとつであるはずのイン川の像はない。アルベルティィーナへのエスカレーター設置にともなって、そのスペースを確保するため、右側にあったイン川は置かれていない。そして左の反対側のはずれにあったドラウ川の像もない。

この二体の女性像は、いったいどこにあるのだろうか。ホーフブルクに入るところのブルクガルテンにひっそりと置かれているが、それらがイン川とドラウ川の像であることや、アルベルティィーナ広場から移されているものだと知る人は少ない。

ダヌビウスの泉とその上に立つアルブレヒト大公の騎馬像。右奥の建物は爆撃で破壊されたフリップホーフ。(Wien Museum)

プラーターのリリプット鉄道

プラーターは、天気の良い日に訪れるには格好の緑豊かなところだ。奥の方に行くと水辺もあるが、簡単に一巡りするにはリリプット鉄道（Liliputbahn）という小型の列車に乗ると、子どもの頃に帰ったような気持ちになるかもしれない。

リリプットというのは、ジョナサン・スウィフトの『ガリヴァー旅行記』の中に登場する小人の国の名だ。そこで遊園地などのミニ鉄道は、どこでもよく「リリプット」と呼ばれているが、ウィーンでリリプットバーンと言えば、プラーターにあるミニ鉄道だ。

プラーターのプラネタリウム近くから出発し、約三・九キロを二十分かけて回ってくる。線路の幅は三十八・一センチという、ちょっと変わった幅になっている。これはイギリスのインチによっているからで、十五インチがちょうどこの幅になる。

客車は六両編成で、全体では九十六人の人が乗れる。機関車は蒸気機関車が二両とディーゼル機関車が三両あり、それぞれにニックネームがつけられていて、蒸気機関車のうち緑色の一号機はブリギッテ、黒い二号機はグレーテという女性の名前を与えられている。

ディーゼル機関車は、一九五八年から一九六四年にかけての建造で、古いほうから、ベルンハルト、ハリー、ミヒャエルと男の名前だ。ディーゼルといえばふつう軽油や重油が使われるはずだ。ところが、リリプット鉄道では植物油が使われ、二酸化炭素を出さないということから二〇〇七年には「ウィーン環境賞」にノミネートされたのだった。

客車の繋ぎ方も、よく見ると独特で、「ヤーコプス式回転台車」という台車が使われている。台車が車両の真下ではなく、二つの車両の中間に置かれるものだ。新しいところでは、フランスのＴＧＶで使われている方式だが、じつは日本にもないわけではない。小田急のロマンスカーの一部などで採用されたのだそうだ。

プラーターのリリプット鉄道は、冬の間は休業している。三月半ばになってようやく走り始める。春から夏にかけてが、ローベルト・シュトルツの『プラーターの木々にまた花が咲き』で歌われるように、一番よい季節で、リリプット鉄道もにぎわいをみせることになる。

春の開業を待ちきれないように、リリプット鉄道の線路を使った、面白い競争も行われている。二〇〇九年に、まだリリプット鉄道が走り始める前の春浅い時、第一回「手漕ぎ式車両」競技会が開かれた。

「手漕ぎ式車両」と書いたが、ドイツ語ではドライジーネ（Draisine）と言う。もともと自転車の原型にあたるものだった。発明したのはカール・ドライス（Karl Drais 一七八五〜一八五一）というドイツ人で、彼の名にちなんでドライジーネと呼ばれるようになった。現在の自転車のようなペダルはない。

今見るといかにも奇妙だが、同じやり方が、線路の上でも行われたし、さらに車輪のついた簡単な台車を手漕ぎで動かしていくものもあらわれ、そうしたものもやはりドライジーネと呼ばれる。鉄道線路では資材の運搬などにも使われる。レールバイクとも呼ばれるが、現在ではふつう動力付きで、保線作業などの時に役立っている。ただ、ドライジーネは、それぞれ線路幅に合わせた台車が必要だ。

プラーターのリリプット鉄道では線路の軌間が三十八・一センチだから、競技者はそれぞれ特製のドライジーネを持参して参加し、懸命に手漕ぎでドライジーネを動かしていた。そして、ドライジーネ大会の一週間後に、リリプット鉄道は営業を再開する。

リリプット鉄道の原型にあたるものは、すでに一八九〇年に造られていた。ウィーン万国博覧会で、メイン会場として建てられた円錐形のロトゥンデへの入り口にあたるところまで、「ガタコト鉄道」（Schnakerlbahn）という渾名で呼ばれた簡便なミニ鉄道が敷かれ、にぎわいを見せていた。

その後、一九二〇年代になると、実際の三分の一のサイズの蒸気機関車が運行されるようになる。シューベルトの没後一〇〇年を記念して、一九二八年プラーターで大規模な合唱祭が催され、五月一日から本格的な運行が行われた。一九三〇年代の経済危機の時代にあっても、一九三三年にはロトゥンデから二年前に完成したスタジアムまで、線路は伸長されたのだった。その後、第二次世界大戦による運転中止はあったが、戦後二年目の一九四七年五月一日には、もうリリプットバーンは運行を再開している。

いまでも最高時速三〇キロほどで、のんびりと緑の中を走っているミニ鉄道だ。だから、事故など起こりそうもないと思うが、しかし馬車と衝突する事故を起こしたこともある。それは一九五四年五月二四日のことだった。

四頭立ての馬車が、列車が近づいてくるのに線路を横切ろうとした。機関車の運転手は警笛を鳴らしたが、馬車と衝突してしまった。馬車の乗客が負傷しただけでなく、すぐ近くのレストランの庭で食事をしていた人たちは、興奮した馬に蹴られたりして多くの怪我人を出してしまったのだ。

この事故は裁判になり、一九五五年に判決が出たが、馬車の御者は、乗客や周囲の人々への安全を保とうとしなかったということで、三か月の拘禁刑が言い渡された。その一方、リリプット鉄道の運転手は、お咎めなしということとなったのだそうだ。

1928年のリリプット鉄道の蒸気機関車（Archiv Liliputbahn）

マルティンの岩壁

オーストリアとの国境に近いドイツ側のガルミッシュ＝パルテンキルヘンまでは、すでに一八八九年にミュンヘンから鉄道が通っていた。二十世紀に入った一九〇四年の統計では、チロルへの旅行者は七十二万人もいて、そのうち四十万人はドイツ方面からの旅行者だった。そこでさらに南のインスブルックへの鉄道敷設が考えられた。

一九一〇年に工事が開始され、一九一二年七月一日に最初の蒸気機関車が通ったが、翌年三月四日には電気機関車の運行が始まっている。

しかし、この区間は標高差が、最大六百四メートルもある。三十六パーミル、つまり千メートルあたり三十六メートル登る区間もあるわけだ。登山鉄道ではない路線としては、かなり急勾配だといえる。ヘアピンカーブのように谷に沿って登っていくところもあるが、途中のシュロスバッハ橋は高さ六十メートルもあり、普通の鉄道路線というより、まるで登山鉄道のような景観を楽しむことができる。

インスブルックから出た列車は次第に高度を上げていき、左下にイン川の流れが見えてくる。そして、インスブルックの空港も眼下にあり、東西方向に延びる滑走路が見える。ローカル空港のようだが、実はれっきとした国際空港で、ウィーンやフランクフルトとの間には毎日数便が運航され、年間一万五千便、百万人もの利用客がある、山国のチロル州の重要な空港となっている。

列車から見ると、二千メートルほどの滑走路が一本しかなく、横風用の滑走路はない。そのような地理的な余裕はないからだ。しばしばイン川沿いに、東や東南から強風が吹くので、そうした時には、山の多い西側から進入し、風に向かって着陸しなければならない。山にはさまれた地形のため、どう見ても、ここにしか飛行場を造れないような場所にある。

そうした風景を眼下に、じつに険しい山地を登っていく。十八の橋と十六のトンネルがある。インスブルックを出て十分くらい走ったかと思うと、落石防止のシェルターがあらわれ、いきなり長さ千八百十メートルのマルティン岩壁トンネルに入る。

マルティンの岩壁は、石灰岩でできた、標高千百十三メートルの巨大な岩壁で、鉄道の線路はトンネルで抜けていくしかない。

このマルティンの岩壁については、皇帝マクシミリアン一世（一四五九〜一五一九）の若いころの出来事にまつわる言い伝えがある。狩猟好きのマクシミリアンは、アルプスの岩場に棲むカモシカを追って、マルティンの岩壁のところにやってきた。しかし岩壁のあまりの険しさに、進むことも引き返すこともできなくなってしまったのだった。

　眼下には、彼の家臣たちの姿が見えた。しかし、そそり立つ岩壁のため、はるか上にマクシミリアンが見えるものの、家臣たちもどうしようもなく呆然と立ちつくすだけだった。岩の窪みに身を置いたマクシミリアン自身、もはや死が避けられないと、臨終の秘跡を授けてくれたらと思ったのだった。

　マクシミリアンは、二日二晩、岩壁から動くことができなかった。そして神に祈りを捧げ続けていた。三日目に、彼は、近くで物音がするのを聞いた。振り向くと、農民の姿をした若者がマクシミリアンに近づいてくるのが見えた。若者は彼に手を差し延べて言った。「さあ、ご安心ください。神様がお助け下さるのです。私の後についてきて下さい。恐れることはありません」。

　そしてマクシミリアンは、家臣たちのもとに戻ることができたのだった。ぐったりとして青ざめたマクシミリアンを飲み物や食べ物で元気づけた。その騒ぎの中で、マクシミリアンを助けた若者は、姿を消してしまった。そこでこの若者は、後に神の使いか天使に違いないと言われるようになったのだということだ。

　馬に乗せられてインスブルックの町に戻ったマクシミリアンは、生きて帰ってきたことで、人々の歓呼の中で迎えられ、盛大な感謝の祭りも行われたという。後にマクシミリアンは、自らが二日二晩過ごした窪みのところに、大きな十字架を建て、神への感謝をあらわした。幅二十六メートルもあるこの窪みは、ハプスブルク家に関係ある人々が、マクシミリアンを思い出すため、しばしば訪れていたところだと言われている。そして、今でも十字架が置かれている。

ゲーテも一七八六年、ドイツから、ゼーフェルトを経て、インスブルック、さらにイタリアに旅行していくときに、マルティンの岩壁のところを通っていったのだった。『イタリア紀行』の中で、「そしてイン川沿いに、音を立てながら下って行く。石灰岩の壁になった、険しくそそり立つマルティンの岩壁のそばを通って行った。マクシミリアン皇帝が道を誤ったこのあたりを、天使も伴わずにあちこち歩くのは、不埒ともいえるのかもしれない」と書いている。

イン川沿いの村から、マルティンの岩壁を見上げると、たしかにどう登って行ったらいいか分からないほど険しいが、現代では、ロッククライミングの人気のルートになっていて、多くのクライマーたちが挑戦している。

マルティンの岩壁のマクシミリアン（フェルディナント・フォン・ハラッハ画 1903 年）

ウィーンのゲシュタポ本部

ラデツキー将軍像

ヨハン・シュトラウス（父）の『ラデツキー行進曲』（Op.228）は、ニューイヤー・コンサートの最後の一曲としてもよく知られているが、ウィーンの冬を彩る数々の舞踏会などでも、派手に締めくくりたければ、しばしば最後に演奏されることも多い。

ハプスブルク帝国の軍人といえば、オーストリアでは、やはり真っ先に名前が挙がるのがラデツキー将軍だ。ボヘミアのトレーブニッツで生まれたヨーゼフ・ラデツキー（Joseph Radetzky 一七六六～一八五八）は、十九世紀オーストリア帝国を代表する軍人であり、今でも、オーストリア人にとって、彼は「父なるラデツキー」なのだ。

だから彼の像も、もちろんウィーンには建てられている。ところが、モーツァルトやヨハン・シュトラウス、あるいはマリア・テレジアなど、有名な像に比べると、どこに建っているのか、すぐに分かるという観光客は、意外に少ないだろう。

現在、ラデツキー将軍像は、ドナウ運河に近い、シュトゥーベンリングに面したところにある。ウィーンを訪れて、まずはリング通りを一回りし、カメラであちこち写している観光客の姿は多いものの、ラデツキー像に気がついて、カメラを向けている人はあまりいないようだ。

ラデツキー像の、ちょうど反対側に、オットー・ワーグナーの郵便貯金局があって、最近では世紀末建築に関心があるため、注意がそちらにいってしまうのかもしれない。

ラデツキー将軍は、右手を前に出すといった、典型的な司令官のスタイルで馬に乗っている。しかし荒々しい様子ではなく、いかにも将軍にふさわしく落ち着いた印象を受ける。像の制作者は、マリア・テレジア像やベートーヴェン像なども作ったカスパール・フォン・ツームブッシュ（Caspar von Zumbusch 一八三〇～一九一五）だった。

一八八六年、記念像建設委員会において建設が決められ、一八九二年に完成したものだ。台座のレリーフ部分は、ツームブッシュのところで学んでいたハンス・ビターリヒが担当した。向かって左のレリーフで、ラデツキーはトゥーン、シェーンハルス、ヘス、ヴラティスラフ、ダスプレといった他の将軍たちとともにいる。

一方、右のレリーフは、兵士たちの歓呼を中央で立って受けている姿が描き出されている。そして台座の正面には、グリルパルツァーのよく知られたラデツキー将軍を讃える詩の中の「あなたの陣の中にオーストリアはあるのだ」という一文が刻まれている。

ただ、ラデツキー将軍像は、もともとこの場所にあったわけではない。最初に像が設置されたのはアム・ホーフ広場だった。どこにラデツキー将軍像を設置するかについては、ヴォティーフ教会の前などをはじめとして、さまざまな議論がなされた。案は全体で二十一案もあったのだそうだ。しかし、結局は一番適した場所としてアム・ホーフ広場が選ばれたのだった。その理由としては、当時、アム・ホーフ広場に面したところに帝国国防省があったからで、ラデツキー将軍はその前に、馬に乗った姿で現れたのだった。将軍像に見下ろされるように広場でクリスマス市が開かれていた様子を描いているカール・ヴェンツェル・ツァイチェク（Karl Wenzel Zajícek 一八六〇〜一九二三）の水彩画はよく知られている。

序幕式は、一八九二年四月二十四日、皇帝フランツ・ヨーゼフの臨席のもとに行われた。序幕にあたって、作家のフェルディナント・フォン・ザール（Ferdinand von Saar 一八三三〜一九〇六）は「ラデツキー」という詩を書き、ブルク劇場の俳優ゲオルク・ライマースによって読まれた。その二連目の初めの部分は次のようだ。

ラデツキー！　この名の響きを聞けば
誰もが目を輝かす！
心をこめてその名を言うのだ！
青きドナウ川、広きティサ川のほとりで

モルダウ川、ヴィスワ川だけでなく
また、曲がりくねったイン川、
緑のムーア川、ドラウ川のほとりだけではない
皆、彼の名に、畏敬と賛嘆を表すのだ

最初、アム・ホーフ広場に建てられたラデツキー像は、一九一二年に現在あるシュトゥーベンリングに移された。その理由は、リング通りが出来たことによって、十八世紀以来アム・ホーフにあった帝国国防省がシュトゥーベンリングの建物に引っ越すことになったためだった。

そして、堂々とした新たな帝国国防省の前に、ラデツキー将軍は立つことになった。ウィーンに限らずヨーロッパでは、歴史的に重要な人物の名を、道路名につけることが多い。ラデツキー像が移設されるころには、ラデツキーの名をリング通りにもつけようという動きが起こった。中世の風呂屋の浴室に由来すると言われる「シュトゥーベ」から名付けられたシュトゥーベンリングを、「ラデツキー・リング」に改名しようというものだった。

ラデツキーにちなんで、帝国国防省の東のウィーン川を越えたところには、ラデツキー通りという通りが伸びていて、ラデツキー広場に続いている。さらに広場からドナウ運河に向

かう通りもラデッキー通りという名前なのだ。
当時の軍人向けの新聞『ダンツァー軍隊新聞』の一九一一年一月五日付の記事では、道路の名前の付け方について、相互に関連性のある名付け方にすべきで、「まったくの無計画性は嘆くべきことだ」と書き、ラデッキー将軍についても、そうしたことを考慮すべきだといった趣旨の主張を述べている。しかしその後、改名の動きが続くことはなく、ラデッキー像の前のリング通りは、シュトゥーベンリングのままになっている。

ウィーンのゲシュタポ本部

アム・ホーフのラデツキー将軍像とクリスマス市（カール・ヴェンツェル・ツァイチェク画　1908 年）

ウィーン最大の双頭の鷲

ラデツキー将軍像は、アム・ホーフからシュトゥーベンリングに台座ごとすべて移されたが、台座の部分のプレートの前には、小さな双頭の鷲が置かれている。

ラデツキー将軍の足元の双頭の鷲は比較的小さいが、後ろの建物を見上げると、巨大な双頭の鷲がいる。あるウィーンの人が「これがウィーン最大の双頭の鷲だ」と言っていたのを思い出す。これだけ大きな双頭の鷲は、たしかにウィーン中を探しても、いそうもない。

大きさだけからすれば、シュテファン大聖堂の屋根の瓦で描かれた双頭の鷲も大きいが、彫像としては、やはりウィーン最大かもしれない。彫刻家ヴィルヘルム・ヘイダ（Wilhelm Hejda 一八六八〜一九四二）の制作で、翼を広げた幅は、約十五メートルにもなる。重さも優に四十トンあるブロンズだ。

このような巨大な双頭の鷲を掲げたのも、この建物がかつてのハプスブルク帝国末期の時代に建てられた帝国国防省だったからだろう。

アム・ホーフにあった帝国国防省の建物が手狭になったため、リング通り沿いの一万四千平方メートルの土地に新たな帝国国防省建設プロジェクトが行われることになる。

建築プランが公募され、百六十六もの建築家が関心を示し応募用の書類を請求した。しかし応募締切の一九〇八年四月十五日までに書類が提出されたのは六十六件だった。うち五十六件はウィーン市内の建築家によるもので、ウィーン以外からも十件の応募があった。

この六十六件の中には、ウィーン世紀末建築を代表するオットー・ワーグナー（Otto Wagner）やアドルフ・ロース（Adolf Loos）の案もあった。六十六案のうち、第三番と番号付けされたオットー・ワーグナーの案の名は「パラス」だった。また第五十四番のアドルフ・ロース案は「ホモ」という名がついていた。しかし、このどちらの案も、選考の過程で対象から外れてしまう。アドルフ・ロース案は建築費用の概算見積がないといった理由で、またオットー・ワーグナー案は、主要な建築上の条件が満たされていないといった形式的理由で除外されてしまう。第一位になったのは、ルートヴィヒ・バウマン（Ludwig Baumann 一八五三〜一九三六）の「マリア・テレジア」という案だった。

ルートヴィヒ・バウマンの「マリア・テレジア」案は、十九世紀末から多く見られるようになっていたユーゲントシュティールの分離派様式とは異なり、歴史主義的なネオ・バロック様式だった。当時のウィーンでは、この二つの様式が、新たに建てられる建築物にも全く違った方向として現れていた。歴史主義的なものは、従来からの連続性や伝統の象徴であり、保守的な人々からすると分離派様式は、いわば混乱そのもののように見え、拒絶的な反応を呼び起こすものだったのだ。

かつてバロックの都として輝いていた時代の様式を建築の中にも取り込み、栄光の歴史を想起しようとしたということもあるだろうが、ハプスブルク帝国にも翳りが出ていた時代に、新たな帝国国防省には、ちょうど真向かいに立つオットー・ワーグナーの分離派様式ではない、歴史主義的な様式が選ばれたのだった。

皇帝フランツ・ヨーゼフの名代として軍を率いていたフランツ・フェルディナント大公が、新たな帝国国防省の建設の責任者でもあった。建築様式に関しても、フランツ・フェルディナント大公の意向が反映されたといわれている。

バウマンは、一九〇九年に建築を始め、一九一三年に堂々とした帝国国防省の新庁舎を完成させた。床面積九六三二平方メートルで、九の中庭をもち、全体で一〇〇〇室がつくられ、窓の数は二五〇〇もある。正面のファサードは全長約二百メートルもの長さだ。

しかし新庁舎の建築区画は、実は長方形ではなく変形の土地だった。正面はシュトゥーベンリングに沿っていて、右の南面にかけては直角がつくれる。ところが左の北側は、ユリウス・ラープ広場とライシャッハ通りがあり、建物は、それぞれ約百三十度、約百五度の角度で曲がっている。しかしバウマンは、変形地であるということを、ほとんど意識させないように設計を行っている。

現在は、国土林野省、社会福祉省といったオーストリア政府の省庁が入っているが、門の上やアーチ状の窓の上の要石に、数多くの兵士の頭部の像があることで、かつてここが帝国国防省であったことがわかる。さらに、上をよく見ると、巨大な双頭の鷲の像には、兵士の兜や槍などといった武具や武器がつけられている。

建物の中心を双頭の鷲で飾るのは、フランツ・フェルディナント大公の希望によるものだった。建設当初は、複数の塔屋があったが、第二次世界大戦末期に焼けてしまい、今のような平板に近い屋根になっている。

また第一次世界大戦までは、大きな双頭の鷲の上に皇帝の冠がつけられていたというが、第一次大戦後に取り払われてしまう。さらに、破風にラテン語で書かれていたSi vis pacem, para bellum（汝、平和を望むなら、戦いに備えよ）という言葉も削り取られたのだった。

だが、二つの大戦を経てもなお、かつての帝国のシンボルでもある「双頭の鷲」は、巨大な翼を大きく広げ、今も悠然とリング通りを見下ろしている。

シュトゥーベンリングの旧帝国国防省の建物の双頭の鷲（Stadt Wien）

『我にひとりの戦友がいた』

ブルク門の無名戦士の記念碑のところで、建国記念日には『よき戦友』(Der gute Kamerad) という曲が毎年演奏される。この曲は、ドイツ人でもオーストリア人でも、おそらく知らない人はいないだろう。ドイツ語圏の軍隊の曲といえば、『旧友』(Alte Kameraden) などは、日本でも広く親しまれているが、題名は似ていても、『よき戦友』を知っているという人は少ないかもしれない。『よき戦友』は戦争で斃れた戦友を歌っている。その第一番は次のようだ。

我にひとりの戦友がいた
彼はまたとはない友だった
太鼓の音は戦いを告げ
彼は我がそばで
我と同じに歩んでいた

この詩をつくったドイツの詩人ヨハン・ルートヴィヒ・ウーラント（Johann Ludwig Uhland 一七八七〜一八六二）が与えた題名は『よき戦友』だったが、一般には歌詞の最初の部分の『我にひとりの戦友がいた』（Ich hatt' einen Kameraden）で呼ばれることが多い。

詩が作られたのは、一八〇九年だった。その後、一八二五年に曲がつけられ、さまざまな戦争の戦死者のための曲として、現在に至るまで歌い継がれている。さらには、より広く、亡くなった人一般を悼む曲としても用いられる。

もともと「軍歌」なので、もちろん第二次世界大戦のナチスの時代にも歌われたわけだが、そうした暗い歴史を経ても、今も演奏されている。しかも国を越えて、さまざまな歌詞で歌われたりするし、フランスでも七月十四日の革命記念日に演奏さるのだということだ。

そもそもウーラントが詩作のきっかけとしたのは、一八〇九年のフランスに対するオーストリアの戦いだった。その戦いには、ウーラントと親しかったドイツ人作家ゼッケンドルフ（Leo von Seckendorff 一七七五〜一八〇九）も加わっていた。

ドイツ生まれだったゼッケンドルフは、一八〇五年からウィーンに住み、ナポレオン軍との戦いでは大尉として参戦した。だが五月六日、重傷を負い穀物倉で焼死してしまった。ゼッケンドルフを記念して、ウィーン十四区にはゼッケンドルフ通りという名の通りがある。

ウーラントの詩に曲をつけたのは、『ローレライ』で知られるフリードリヒ・ジルヒャーだとだけ書かれていることが多い。しかし事実は多少違っているようだ。ジルヒャーがもとにしたのは、『褐色の肌の乙女は猟騎兵が好き』というスイス民謡をもとにしているのだともいわれる。その歌詞は、本来は戦争とはまったく関係がなく、次のように始まっている。

褐色の肌の乙女は
猟騎兵が好き
それはきりっと素敵な将校さん

ジルヒャーは、民謡をゆっくりとした行進曲風の四分の四拍子に編曲したのだということだ。民謡研究で知られるルートヴィヒ・エルクも「メロディーは（よく言われるように）ジルヒャーによるものではない。しかしジルヒャーの『男声のための民謡集』から広まったのは確かだ」と書いている。

この歌が、戦争で斃れた兵士を悼む歌として、特によく知られ歌われるようになったのは、第一次世界大戦の時になってからだった。当時、戦地からの絵葉書にも好んで取り上げられ、数多く残っているが、中には、共に戦ったオーストリア軍とドイツ軍の兵士が馬に乗って並んで走っているといった絵が描かれたものもある。
その後も『よき戦友』は、さまざまな歌詞で歌われたことからも、このメロディーが帝国やナチスだけのものでなかったことが分かる。例えばスペイン内戦で戦い一九三六年に死んだドイツ人ハンス・バイムラーをエルンスト・ブッシュが詩にして歌った。二番の歌詞は次のようだ。

彼は自らの故郷を去らねばならない
彼はスペインの血ぬられた通りで
貧しき人々の権利のため
自由のために闘った闘士だったのだ

また、第一次世界大戦の敗色が濃くなっていった頃には替え歌でも歌われた。

我にひとりの戦友がいた
彼よりひどい奴はいない
太鼓の音が戦いを告げると

『我にひとりの戦友がいた』

彼は、我がそばからそっと去っていき
　「一緒にはできない」と言う

さらに第二次世界大戦中には、次のようなパロディーの歌詞があった。

我らには偉大なる指導者がいる
この総統より立派な人はいない
彼は流血に満ちた戦いの中
四年の間、我らを勝利へと導いている
だが、終わりは見えない
栄光よ、栄光よ、栄光よ、勝利よ！
鉤十字のために、騎士十字功労賞を胸につけ
我らは墓に向かうのだ

たんなる軍歌にすぎないと思いがちな『我にひとりの戦友がいた』という曲だが、左右を問わず、いわば、時代を越え、戦いで亡くなった兵士への追悼曲なのだ。

ホテル・メトロポール

ウィーンには、数多くの有名なホテルがあるが、十九世紀末に建てられ、当時ウィーン有数のホテルのひとつだったホテルに、ドナウ運河沿いのホテル・メトロポール（Hotel Metropole）があった。ホテル・メトロポール開業の一八七三年は、ウィーン万国博覧会の年だった。ロンドン、パリに次ぎ、ドイツ語圏では初の万国博覧会開催であった。来場者は二千万人にもなるのではないかという目算まで立てられていた。

ウィーンやその近郊からだけでなく、ハプスブルク帝国各地や外国から訪れる人のための宿泊施設の確保も重要な問題だった。メトロポールの他にも、ホテル・ブリタニア、ホテル・ドナウ、ホテル・アウストリアなどといったホテルが続々と建てられていった。しかし、これらのホテルは、現在そのままのかたちでホテルとして残っているところはない。

ブリタニアは、リング通りからほんの少し外側のシラー広場に面したところにあったが、万国博覧会の翌年の七四年には法務省が入り、その後電信電話局が利用した。

ホテル・ドナウはウィーン北駅の向かいにあり、二八〇人が泊まれる、当時としてはウィーンでも大規模なホテルだったが、万国博覧会後の経済不況の中で廃業してしまった。

ホテル・アウストリアは、ショッテンリングの証券取引所の斜め向かいに建てられ、レストランホールの天井には、皇帝フランツ・ヨーゼフの肖像画も描いた画家フリードリヒ・シルヒャー（Friedrich Schilcher 一八一一～八一）が、ホテルの名にちなんだ女神アウストリアの天井画を描いた。しかしこのホテルも、万国博覧会の後に警察本部の建物となるが、一九四五年の空襲で破壊された。現在ここにはヒルトン・プラザ・ホテルが建っている。

万国博覧会後にホテルからの転換を余儀なくされるところが多い中で、ホテル・メトロポールは、成功したホテルのひとつだった。ホテル・メトロポールが建てられることになった場所は、トロイマン劇場（Treumanntheater）があったところだ。カール劇場でネストロイなどとも芝居をしていたカール・トロイマンが、運河沿いに建築した劇場だったが、一八六三年六月八日の火災のため焼失した。

ホテル・メトロポールの建設に期待して、『ノイエ・フライエ・プレッセ』新聞は一八七一年十二月二十四日付の紙面に書いている。

「とりわけ万国博覧会を前にして、ホテル増加の必要が切迫しており」「それは巨大な建築を出現させることになる。この点において、今般、フランツ・ヨーゼフス・ケー（Franz-Josefs-Kai）に建築される『メトロポール』は疑いもなくその第一級のものである」。

ホテル・メトロポールが完成したのは、万国博覧会のわずか十一日前の四月二十日だった。三百六十五室もある、まさにウィーンきっての巨大ホテルだった。ドナウ運河沿いということもあって、万国博覧会の会場に行くのに便利だった。運河に沿って北の方に行けば、ハイリゲンシュタットにも出られたし、万国博覧会に合わせるように造られた登山鉄道やケーブルカーの乗り場にも行けた。

広告文を見ると、例えば温水のセントラルヒーティングや、電話付の部屋があるといった、当時としては最先端の高級ホテルだった。建築はルートヴィヒ・ティシュラー（Ludwig Tischler 一八四〇〜一九〇六）とカール・シューマン（Carl Schumann 一八二七〜九八）によっている。当時の典型的なリング通り様式と呼ばれる堂々としたもので、入口には四本の立派な列柱が配されていた。

絵葉書の絵で、当時の内部の様子がわかるが、ホールには大きなシャンデリアがいくつも下がっている。また、レストランの天井はガラスで覆われていたということだ。一八八一年十二月十三日のレストランのメニューを見るとオーストリアらしく、フェスラウやグンポルツキルヘンのワインが出されているのがわかる。

また後に、ホテル・メトロポールのレストランは、リヒャルト・ヘーリング（Richard Hering 一八七三〜一九三六）というシェフの名と結びついて特に有名になる。彼は一九〇七年に『料理百科』（Lexikon der Küche）を出版したが、これは現代でも使われている料理書のスタンダードとなっているもので、『ヘリング料理辞典』という名で日本語にも翻訳されているほど有名な料理書だ。

ここに泊まった有名な人物に、小説家のマーク・トウェインがいる。彼は一八九七年九月から一八九九年五月まで約二十カ月ウィーンに滞在した。まだ暖かい秋の日差しのなか、九月二十七日、ウィーンにやってきた。当時カイザリン・エリーザベト駅と呼ばれていた西駅に到着したが、滞在先を選ぶために馬車で十五軒ものホテルに行き、結局は、ホテル・メトロポールに宿泊することとしたのだった。

ただ、マーク・トウェインが滞在するホテルとしてメトロポールに決めることになったのは、バルコニー付のリビング、娘が練習するためのピアノ室、執筆のための書斎に加えて四つの寝室、合計で七部屋を、食事料金込みで通常の四割引きという安さで借りるという交渉が成立したからだった。

しかし、ひとつだけ残念なことがあった。風呂は別料金だったのだ。まだ、部屋にバスルームがあるのが一般的な時代ではなかった。マーク・トウェインは「バスルームは我々の階では四十五メートル離れたところにあった。面倒だし自転車を利用することは許されないので、風呂には入らなかった」のだということだ。

ホテル・メトロポールの祝賀用ホールの絵葉書

ウィーンのゲシュタポ本部

ウィーンでも第一級のホテルであったホテル・メトロポールだが、オーストリア併合に伴ってそこを利用することを、ナチスは考えていたのだ。

だから、ホテル・メトロポールを徴発する手回しは早かった。すでに、一九三八年三月二十五日に行われたのだということだ。

すなわち、四月十日のドイツへの併合の可否を問う国民投票のなんと二週間も前だったのだ。賛成に印を付けるよう、Jaの円の方が大きく、さらに様々なプロパガンダも行き届いた形式だけの国民投票だったのは明らかだが、ホテルはすでに徴発され、三月二十六日には登記簿に所有が移ったと記載された。それは驚くほど手際が良かった。

ホテル・メトロポールは、ユダヤ系の経営であり、利用客もユダヤ系の人たちが多かったので、ウィーンでは「ユダヤ人たちのザッハー」といった渾名でも呼ばれていた。

一九三八年当時、クラインとフリーディガーといった家の人々の所有だったが、彼らがユダヤ人であるという理由で、一九三五年九月に施行された「ニュルンベルク法」によって、合法的に財産を没収したのだ。併合前後に、きわめて迅速にホテルが徴発されたのも、あらかじめゲシュタポ本部とする予定が出来ていたからだろう。

四月十日の国民投票の後、ホテルからゲシュタポ本部への模様替えが始まった。クローク、読書室、ラウンジも、牢獄に作り替えられた。地下室には拷問室も設けられたのだ。三百室以上もある客室も、九百人を超えるゲシュタポの役人たちの仕事場となったのだった。この人数はベルリンのゲシュタポ本部より多かったのだということだ。ウィーン・ゲシュタポ本部の本部長には、ミュンヘンのゲシュタポからやってきたフランツ・ヨーゼフ・フーバーが着任した。

しかしウィーンのゲシュタポの係官の八十パーセントは、オーストリアの警察官であった人たちで構成されていた。また、いわば管理職にあたる者は、オーストリア人が約七割を占めていたし、戦争末期には約八割にもなっていたということも、併合前後のことを見ていく時に、考えておかなければならないことのひとつだろう。

三月二十五日から一週間もたたない四月一日、ミュンヘンの北西十五キロほどのところにある強制収容所ダッハウへ、一五一人の捕えられた人々が最初に送られた。その中には、ウィーンの市長リヒャルト・シュミッツ（Richard Schmitz 一八八五〜一九五四）、台本作者フリッツ・レーナー＝ベーダ（Fritz Löhner-Beda 一八八三〜一九四二）、また第二次世界大戦後、オーストリアの初代首相を務め、その後、外務大臣として、オーストリア国家条約の交渉にあたり、一九五五年、オーストリアの独立に関する国家条約の締結に携わったレーオポルト・フィグル（Leopold Figl 一九〇二〜六五）もいた。

このゲシュタポ本部の牢獄に入れられた人には、ロスチャイルド家のルイ・ナタニエル・フォン・ロートシルト男爵（Louis Nathaniel von Rothschild 一八八二〜一九五五）もいたが、彼は、オーストリアを出るようにとの勧めを拒んでウィーンにとどまっていたのだ。そのため、ホテル・メトロポールのゲシュタポの建物の中で、首相だったクルト・シュシュニック（Kurt Schuschnigg 一八九七〜一九七七）の隣の部屋に入れられることになったのだった。シュシュニックは数か月間拘留されたが、独房は周囲の建物からは見えないようにされていた。洗面所は廊下にあり、秘密警察の役人に伴われなければ行くことは許されず、髭を剃るのも監視付だった。

その首相やロートシルトのことを小説『チェスの話』の中に書いたのは、自らも亡命をしていたシュテファン・ツヴァイク（Stefan Zweig 一八八一〜一九四二）で、この作品はクルト・ユルゲンス主演で映画化されたこともある。作品から少し引用してみよう。

「われわれの首相や、また親戚から何百万もの金を出させることができるのではないかと思われたロートシルト男爵は鉄条網の中の収容所に入れられることはなく、優遇的な措置にも見えるホテル、あのホテル・メトロポールに連れて行かれたのです。そこはゲシュタポ本部だったのですが、個室が与えられたのです」。「ホテルの個室。そう聞けば、とても人道的にそれ自体聞こえるのではないでしょうか」。「しかし全く何もない空間に一人一人を一つの部屋に遮断し閉じ込めることによって、外的に殴打したり寒さに晒したりする代わりに、口をついに割らせる圧力を内面から起こさせようとしたのです」。

ロートシルトは、全財産の没収を条件に国外に出て行くこととなり、アメリカに亡命をしたのだった。

ゲシュタポ本部には、少なくとも約五万人もの人々が連行され、尋問されたり拷問を受けたりし、そして強制収容所に送られる人もいた。

ゲシュタポに父親が連行された時のことを記した人の文章がある。

「一九三八年五月五日の七時すぎ、私服の二人の警察の役人が父を連れていった」。「すべての牢獄は満杯だったので、三〇〇〇人の拘置ユダヤ人は二十区カラヤンガッセの学校に入れられた。二日後学校は空になっていた。拘置ユダヤ人がいるホテル・メトロポールのゲシュタポ本部に問い合わせるよう知らされた」。「すでに何百人もの婦人たちが列をなしていた」。「親衛隊の人たちは、名前を言うと、長いリストをちょっと見てから、『ダッハウ、ダッハウ』と言った」。ダッハウとは、ミュンヘンの北西近郊にある、強制収容所のことだ。

もちろん反ファシズムの詩作などを発表すれば、逮捕された。そうした作家にフェリクス・グラーフェ（Felix Grafe 一八八八～一九四二）がいる。あまり有名な作家ではないが、オーストリアの、反ナチの詩人ということで、思い起こさなければならない作家の一人だ。彼は一九〇八年、カール・クラウスの『炬火』（Die Fackel）に表現主義的な詩を書いたことでも知られているが、詩が反ファシズム的だとウィーンのゲシュタポ本部に連行され、一九四二年、国家反逆の廉で絞首刑となっているが、死刑を待つ牢獄で彼は書いている。

毒杯で死ぬのも斬首でも
どちらでも同じことだ
彼らが処刑と思っていることは
聖なる転換なのだ

しかし、第二次世界大戦末期の三月十二日、ゲシュタポ本部は空襲によって破壊されたのだった。

そして、一九八五年になって、かつてのゲシュタポ本部の前のモリツィン広場には、リンツ近郊のマウトハウゼンにあった強制収容所の付近で取れた石材を使って、「決して忘れない」という碑が建てられたのだった。そこには次のような言葉が刻まれている。

ここにゲシュタポの建物があった
オーストリアを信じる者には地獄であったのだ
その多くの人々にとっては死への門だったが
それは千年帝国のごとく廃墟と化した
だが、オーストリアは復活し
それとともに、我々の死者たち、
不滅の犠牲者たちも、復活したのだ

モリツィン広場に面するホテル・メトロポールは 1938 年にゲシュタポ本部となった（1942 年頃の写真 Stadt Wien）

あとがき

ウィーンについて書かれたものは、ロンドンやパリほどではないかもしれないが、比較的数多く出ている。もちろん「音楽の都」という視点の書物や、旅行で行くのに役立ちそうな情報を提供するといった趣旨の出版物が多い。しかし、それからもう一歩踏み込んで書かれたものとなると、数が限られてくる。

ただ、一般的な旅行者などにとって必要な情報だけでなく、現地に暮らしているウィーンの人なら多くの人が知っている、いわば市井の歴史といったことなどについても理解を深めることができれば、この都市についての興味がいっそう増してくるのではないかというのが、ウィーン大学客員教授として現地に住んでいた時に思っていたことだった。

ちょうどそのころ、三十五年前のことだが、『月刊ウィーン』誌を創刊するという話があり、毎月の連載を求められた。そこで、現地に長く住んでいるウィーンの人ならば通常は知っているが、ウィーン人などではない人たちにとって馴染みのないことや、特に日本語ではほとんど書かれていないことを扱ってみると面白いのではないかと考えて、連載を引き受けることにした。

「ウィーン　知らなくてもいい話」という、ちょっとひねった、何となくシニカルな題にしたのもそのためだが、この題で、毎回個別のテーマを掲げて書き続け、現在すでに、四〇〇話を越えている。よくそれだけ続いている、と言われることは、しばしばあるのだが、何かひとつのことを調べ始めると、次々と興味深いことが見つかっていくというのが、いまだに書き続けている理由だといえる。

ただ、どの都市であっても、表面的にだけでなく深いところまで含めて理解していくことは、とてもむずかしいことだ。もう四〇〇話以上も書いているにもかかわらず、まだまだ、知らないことや、分からないことは数多くあると、毎号書きながら感じている。そうした中から、四〇話ほどを加筆・修正の上、『ウィーン遺聞』の続刊としてまとめてみたものが本書である。

今回も出版にあたっては、同学社社長の近藤孝夫さんのご理解を得て、制作についてたいへんお世話になったことに、特に感謝申し上げたい。

二〇二四年十月

河野純一

河野純一（こうの じゅんいち）

1947　横浜生まれ
1972　東京外国語大学大学院修了
1987～1989　ウィーン大学客員教授
1990～2013　横浜市立大学教授
現在　横浜市立大学名誉教授

主要著書
『ウィーン知られざる世紀末』（京都書院）
『ウィーン音楽の四季』（音楽之友社）
『ウィーン路地裏の風景』（音楽之友社）
『ウィーンのドイツ語』（八潮出版社）
『横顔のウィーン』（音楽之友社）
『ハプスブルク三都物語』（中央公論新社）
『ウィーン遺聞』（同学社）
『不思議なウィーン 街を読み解く100のこと』（平凡社）

検印廃止

© ウィーン遺聞 2

2024年11月25日
定価 本体 1,800円（税別）

著　者　河　野　純　一
発行者　近　藤　孝　夫
発行所　株式会社　同学社

〒112-0005　東京都文京区水道1-10-7
電話　03-3816-7011
振替　00150-7-166920

印　刷　萩原印刷株式会社／製　本　井上製本所
ISBN 978-4-8102-0342-4 Printed in Japan
落丁・乱丁本は送料小社負担にてお取り替えいたします。